*Ein aufregendes Leben im Wandel der Zeit*

Herstellung und Verlag:
BoD-Books on Demand, Norderstedt
ISBN: 978-3-7347-3146-4

# *Ein aufregendes Leben im Wandel der Zeit*

*Eine Autobiographie*

*Meiner Lebensgefährtin
und meinen Geschwistern*

*Inhaltsverzeichnis*

| | | |
|---|---|---|
| *1.* | *Unruhige Zeiten* | *7* |
| *2.* | *Die Schule ruft* | *10* |
| *3.* | *Der Anfang vom Ende* | *14* |
| *4.* | *In den letzten Zügen* | *26* |
| *5.* | *Die Angst vor den Russen* | *32* |
| *6.* | *Die Stunde Null* | *37* |
| *7.* | *Ein Konzert in Leipzig* | *46* |
| *8.* | *Ende der Schulzeit* | *48* |
| *9.* | *Studium der Kirchenmusik in Halle* | *50* |
| *10.* | *Der Aufstand* | *53* |
| *11.* | *Studentenleben in Berlin* | *54* |
| *12.* | *Die Zeit mit der Jungschar* | *63* |
| *13.* | *Assistentenzeit* | *78* |
| *14.* | *Das Diabetikerlager* | *81* |
| *15.* | *Erste Jahre in Helmstedt* | *92* |
| *16.* | *Der Knabenchor* | *95* |
| *17.* | *Erfahrungen mit den Medien* | *101* |
| *18.* | *Der Mauerfall* | *107* |
| *19.* | *Erreichen der Altersgrenze Pensionär - Rentner?* | *108* |
| *20.* | *Nachwort* | *110* |

Leitgedanke

Wer einmal erahnte, dass das Leben Aufgaben zuteilt und uns niemals aus ihnen entlässt, muss Höheres kennen als die Erfüllung der persönlichen Wünsche. Das Leben stellt uns vor die Wahl: entweder das große Wissen zu finden, dann gibt es kaum das Glück im Kleinen.

Oder aber Verzicht auf alle Höhen und dumpfes Verharren in anspruchsloser Niedrigkeit: Dann aber lohnte es nicht, gelebt zu haben.

*Eberhard Cyran*

### *Kapitel 1*
*1930*
*Unruhige Zeiten*

Mein Leben begann mit einem Widerspruch. Genau an dem Ort, der für unzählige Wesen das Ende ihres Daseins hier auf Erden bedeutete, schlug ich die Augen auf. Eine Ironie des Schicksals womöglich, vielleicht aber auch bereits das erste Puzzleteil eines Weges, den ich persönlich gehen sollte und der mich an den Punkt geführt hat, an dem ich mich heute befinde.

Nun gibt es sicherlich behaglichere Umgebungen als ausgerechnet einen Schlachthof, um einen neugeborenen Erdenbürger wie mich auf diesem Planeten willkommen zu heißen, doch am Ende dieses Buches wird man feststellen können, dass dieser Einstieg nahezu perfekt zu meinem späteren Werdegang passte. Es wäre allzu profan gewesen, wenn ich meinen ersten Schrei in einem Kreißsaal von mir gegeben hätte. 83 Jahre meines Lebens waren mit einer solchen Vielzahl von besonderen Ereignissen verbunden, dass ich mich im Nachhinein selbst am meisten darüber wundere. Zufall oder Schicksal? Wer kann das schon mit Gewissheit sagen. Man könnte fast meinen, ein Regisseur wäre bei der Gestaltung in meinem Leben beteiligt gewesen. Ich würde ihm sehr viel Geschick unterstellen, meine privaten Lebenspfade mit großen politischen Geschehnissen verknüpft zu haben. Dass mein Leben wert ist, in einem Buch niedergeschrieben zu werden, davon bin ich überzeugt.

Mein Name ist Helfrid Israel. Ich bin während des zweiten Weltkriegs aufgewachsen, war Kinderarzt, Chorleiter und anderes mehr. Und ich habe vieles vom Leben gelernt.

Der Schlachthof, auf dem ich geboren wurde, befand sich in Zwickau und war der Arbeitsplatz meines Vaters, eines Tierarztes. Wie es der Zufall wollte, war meine ältere Schwester am gleichen Tag geboren worden wie die Tochter des Schlachthofdirektors. Eines Tages nahm der Mann meinen Vater zur Seite und meinte zu ihm: "Ich erwarte von Ihnen, dass das nächste Kind ein Junge ist und mit mir zusammen Geburtstag hat." Tatsächlich war es auch so. Am 29. Mai 1930 erblickte ich das Licht der Welt ausgerechnet am Himmelfahrtstag.

Die Heimat meiner Großeltern war die Oberlausitz und mein Großvaters mütterlicherseits war von Beruf. Lehrer Die Eltern meines Vaters waren Lederhändler. Sie habe ich kaum mehr kennengelernt. Meine Familie lebte in der Dienstwohnung meines Vaters, die sich inmitten von Schweinen, Rindern und Kälbern auf einem Schlachthof befand. Davon bekam ich als kleiner Bub glücklicherweise nicht allzu viel mit. Grob kann ich mich noch daran erinnern, wie das Vieh auf seinen letzten Weg in das Schlachthaus getrieben wurde, aber zu meinem Glück sah ich es danach erst in Form von Wurst wieder. Der Weg von unserer Wohnung zu einem kleinen Gärtchen wurde von mehreren kleinen Lädchen mit Schlachterbedarf und Gewürzen gesäumt. Als Vierjähriger kehrte ich in einem dieser Geschäfte regelmäßig ein, um nach "Nüsseln" zu betteln und hatte auch bei jedem Mal Erfolg, weil die Verkäuferin wusste, dass es sich um Pistazien handelte, mit denen man beispielsweise Mortadella würzte. Aber wenn ich von "Nüsseln" sprach, dann verstand man immer, was ich wollte.

Die Zeit in Zwickau war vorbei, als mein Vater nach Glauchau versetzt wurde, einer Kreisstadt im damaligen

Zwickauer Land. Hier wurde er zum Bezirkstierarzt berufen. Wir lebten im normalen Bürgertum und, wie es damals üblich war, nahmen wir zu jener Zeit die Tätigkeiten eines Dienstmädchens in Anspruch. Von der Pike auf lernten die jungen Frauen bei uns und in anderen Familien im Haushalt zu helfen und blieben in der Regel zwei Jahre, bevor ein anderes Mädchen ihre Stelle einnahm. Besonders die erste, die wir hatten, blieb lange mit uns verbunden. Sie hieß Irmgard und war für mich so etwas wie eine Schwester. Später wurde sie die Sekretärin meines Vaters.

Die Vorzüge von weiblichen Helfern im Haushalt blieben nicht die einzigen Privilegien, die wir genießen durften. Mein Vater erledigte seine Dienstfahrten meistens mit einem Chauffeur. Dies lag daran, dass er wegen eines schweren Herzfehlers nicht Auto fahren durfte.

**Kapitel 2**
*1936*
*Die Schule ruft*

Ein wichtiger Tag in meinem Leben war die Einschulung. Bereits im Alter von fünf Jahren durfte ich die Schulbank drücken. Da der 30. April der Stichtag für alle Jahrgänge war und mein Geburtstag auf Ende Mai fiel, konnte ich bereits mit fünf statt mit sechs Jahren eingeschult werden. Später erst erkannte ich die wahren Vorteile dieser für mich nachhaltig wichtigen Entscheidung. Meine älteren Klassenkameraden wurden irgendwann als Luftwaffenhelfer eingesetzt , ich blieb aufgrund meines etwas geringeren Alters davon verschont.

Während für viele Kinder bereits feststand, dass sie später einmal Feuerwehrmann, Lokführer oder Kapitän eines Ozeanriesens werden wollten, war mein Berufswunsch in jenen Jahren noch nicht sonderlich ausgeprägt. Zwar gab es eine Zeit lang den Wunsch Schiffskoch zu werden, doch wie so oft in den von Träumen und Visionen erfüllten Jugendzeiten zerstreute sich dieser Plan. Nur wollte ich keinesfalls Lehrer werden. Warum sollte ich meine ganze Energie dafür aufbringen, mich mit den missratenen Kindern anderer Leute herumzuplagen? Und wie das Leben so spielt, wurde es viele Jahre später zu meinem Hobby.

Die ersten drei Jahre meines schulischen Werdeganges waren bereits von den politischen Veränderungen in unserem Land geprägt. Bereits zu Beginn der ersten Unterrichtsstunde mussten alle Kinder vor dem Schulgebäude antreten, um einem militärischen Appell beizuwohnen. Die Deutschlandfahne wurde feierlich gehisst und beim Erklingen des Deutschlandliedes war

Strammstehen angesagt. Anschließend sangen wir das Horst Wessel-Lied, das später zur Parteihymne der NSDAP avancierte.

Das Schlimmste an diesem morgendlichen Ritual war für uns, dass wir über den gesamten Zeitraum mit dem zum Hitlergruß ausgestreckten Arm aushalten mussten. Wir waren deutsche Jungen und hielten das durch, egal wie anstrengend es war. Wer keine Kraft mehr hatte und wem der Arm müde nach unten fiel, der konnte mit einem Anschnauzer rechnen. Gern schlug man auch auf den Arm, damit dieser in seine ursprüngliche Ausrichtung zurückschnellte.

Entsprechend dieser Tradition sahen selbstverständlich auch die Lerninhalte aus. Waren es zunächst noch Häschen auf der grünen Wiese, die wir im Kunstunterricht malten, bestimmten bald Zeichnungen mit Hakenkreuzfahnen und Luftangriffen den Alltag. Rechtschreibübungen begannen mit Begriffen wie "jagen", "Wache", "Volk" oder auch "kämpfen". In einer Unterrichtsstunde befahl uns der Lehrer, den Aufbau einer Gasmaske zu zeichnen.

Positiv in dieser Zeit war, dass unsere Klasse von sehr guten Lehrern betreut wurde. Ich verehrte sie sehr und ließ einen von ihnen sogar in ein Poesiealbum eintragen, in dem ich einige wenige Widmungen sammelte und auf diesen Eintrag bin ich sehr stolz gewesen.

Irgendwann geschah in unserer Stadt etwas für mich Unvorstellbares. In Glauchau ging ich auf dem Weg zur Schule an jedem Morgen an einem kleinen, fast unscheinbaren, Geschäft vorbei, in dem viele Menschen gern einkauften, weil es dort etwas billiger als in anderen Läden war. Täglich fielen meine neugierigen Blicke auf die

Schaufenster, die allerdings nur notdürftig dekoriert waren. Den Geschäftsinhabern fiel es schwer, Ware auszulegen, weil es kaum welche gab.

Die mahnenden Worte meiner Eltern, ich solle auf keinen Fall in diesem speziellen Geschäft einkaufen, machten diesen Ort nur umso spannender für mich. Man erzählte mir zwar, dass der Laden von jüdischen Inhabern betrieben wurde, doch ich wusste zum damaligen Zeitpunkt damit überhaupt nichts anzufangen. Dies war auch am Morgen des 10. November 1938 so, dem Morgen nach der "Reichskristallnacht". Ich traute meinen Augen kaum, als mich am darauffolgenden Tag mein Weg an diesem Haus vorbeiführte. Das konnte doch überhaupt nicht sein! Das gesamte Schaufenster war zerstört worden und Tausende von Scherben lagen zwischen den Auslagen zerstreut. Warum hatten diese Menschen sich ausgerechnet dieses Geschäft für ihre Taten ausgesucht? Zu Hause angekommen, berichtete ich natürlich gleich meinen Eltern von meiner Entdeckung.
"Warum haben die das Geschäft kaputt gemacht?" wollte ich von ihnen wissen, doch eine Antwort auf diese Frage bekam ich nicht.

Reichspropagandaminister Joseph Goebbels hielt am späten Abend des 09. Novembers in München eine außergewöhnlich aggressive Hetzrede, in der er die Juden für den Tod eines NSDAP-Mannes verantwortlich machte. Unter den Zuhörern waren viele Anhänger aus SS- und SA-Kreisen. Diese nahmen die einprägsame Rede Goebbels zum Anlass, reichsweit Aktionen in Deutschland und Österreich gegen die jüdische Bevölkerung durchzuführen. Mehrere hundert Synagogen wurden dabei verwüstet, teilweise auch in Brand gesteckt, Tausende von jüdischen Wohnungen geplündert, zerstört und viele Menschen wurden in dieser

Nacht getötet. Eine weitere Folge dieses hetzerischen Auftrittes war in der Folgezeit die Inhaftierung von 30.000 männlichen Juden, die von der SS und der Gestapo festgenommen und später nach Buchenwald, Dachau, Sachsenhausen, Auschwitz und anderswo in die dort ansässigen Konzentrationslager gebracht wurden. Von all dem ahnte ich zu diesem Zeitpunkt allerdings noch nichts.

Schon lange Zeit vor dem tatsächlichen Kriegsbeginn wurde in der Bevölkerung die Verdunkelung geübt. Dies geschah angesichts des nahenden Krieges vorsorglich, um bei Fliegerangriffen dem Feind keine Anhaltspunkte zu bieten, wo sich größere Ortschaften befanden, auf die man gezielt Bomben abwerfen konnte. Jeder noch so kleinste Lichteinfall hätte in der Nacht wirksame Angriffsziele ermöglicht.

Interessant für mich war dabei eine kleinere Fabrik, die sich gegenüber unseres Hauses befand. Hier herrschte in diesen Momenten immer reges Treiben, weil die sehr großen Fensterscheiben aufwändig abgehängt werden mussten. Für uns Kinder erschloss sich zu diesem Zeitpunkt noch lange nicht der Sinn dieser Vorschrift. Unsere Mutter versuchte uns diese Anordnung auf spielerische Weise näher zu bringen, indem sie ein besonderes Erlebnis für uns zelebrierte. Inmitten des Zimmers baute sie mit Hilfe von Decken eine kleine Bude für uns und las darin Geschichten vor. So verlor das Treiben im Grunde seinen Schrecken und war eher ein urgemütlicher Zustand, den wir eher genossen als fürchteten.

## *Kapitel 3*
*1939*
*Der Anfang vom Ende*

Als Fünftklässler stand für mich der Umzug in eine andere Schule an. Mein Vater wurde nach Ostsachsen versetzt und wir zogen nach Zittau über, worüber er sehr erfreut war, denn es war unsere Heimat. In Zwickau hatte er zuvor große Schwierigkeiten mit seinem Namen gehabt. Israel war ein jüdischer Name, deshalb war man im von Nazis besonders geprägten Westsachsen oft nicht gut auf uns zu sprechen gewesen. An der Spitze der Regierung stand der "dunkelbraune" Ministerpräsident Mutschmann.

Ostsachsen unterschied sich politisch gegenüber dem westlichen Teil und war liberaler eingestellt. Im Geburtsort meines Vaters trug fast ein Drittel der Bevölkerung den Namen Israel. Selbst in der Heiratsurkunde meiner Tante kann man nachlesen, dass sämtliche Beteiligte vom Pastor bis hin zu Trauzeugen auf diesen Namen hörten, der sich vom nordischen Österheld ableitet. Nachteil dieses Familiennamens war in dieser Zeit beispielsweise auch, dass man bei amtlichen Schreiben stets den Zusatz "rein arisch" anfügen musste, um nicht in Schwierigkeiten zu geraten.

Mit dem Schulwechsel begann für mich eine eher unglückliche Zeit, denn die Erziehungsmethoden in der neuen Lehranstalt waren erheblich härter, als ich sie bisher kannte. Ich erinnere mich an eine Begebenheit, die sich eines Tages auf dem Schulgelände zugetragen hatte. Oftmals hielten wir Kinder uns in der Pause an einem Hügel auf, auf dem ein Baum stand. Den Stamm dieses Baumes benutzten wir gern, um uns an ihm herum und dann den Abhang hinunter zu schwingen. Dies gefiel dem Rektor der Schule überhaupt nicht. In diesem Falle erwischte er mich und befahl mich in sein Dienstzimmer. Dort musste ich meine Hände gerade ausstrecken, um schmerzvolle Hiebe mit dem Rohrstock über mich ergehen zu lassen. Dieses Erziehungsutensil gehörte damals von Anfang an zum Klasseninventar und veranschaulichte allen, was man im Falle von Ungehorsamkeit zu erwarten hatte.

Vom Kriegsbeginn selbst bekamen wir Kinder so gut wie nichts mit, allerdings war der Polenfeldzug in aller Munde. Zum ersten Mal wurde ich mit der Härte des Krieges konfrontiert, als einige unserer Lehrer eingezogen wurden. Besonders hart traf es mich, als auch mein Lieblingsonkel dem Ruf des Vaterlandes folgen musste. Er fiel im Jahre 1942, was schrecklich für mich war, denn kurze Zeit später traf dieses Schicksal auch den von mir hochgeschätzten Deutschlehrer. Von diesem Zeitpunkt an hatte auch für mich persönlich der Krieg begonnen.

Ein für mich persönlich besonders einprägsames Erlebnis war die Zeit, als ich im Alter von zwölf Jahren an Paratyphus erkrankte. Es handelte sich damals um eine sehr ernste und schwerwiegende Erkrankung, die in siebzig Prozent der Fälle tödlich endete, zumal es auch noch keine Antibiotika gab, die man dagegen hätte einsetzen können. Im Grunde war es unvermeidlich, dass jeder, der daran erkrankte, zwangsisoliert werden und ins Krankenhaus musste.
Dass ich als eine der wenigen Ausnahmen nicht in ein Krankenhaus kam und zu Hause bleiben durfte, war die Tatsache, dass mein Vater mit dem zuständigen Amtsarzt sehr gut befreundet war und dieser ihm ein nicht unerhebliches Maß an Fachwissen zutraute. Dennoch waren diese Monate, in denen ich an dieser Krankheit litt, alles

anderes als schön, weil etwa ein Vierteljahr meine Mutter und ich in unserer Wohnung regelrecht eingesperrt waren.

Trotz aller Widrigkeiten war dies eine besonders wichtige Phase in meinem Leben. Sie stärkte die Beziehung zwischen meiner Mutter und mir ungemein, weil ich der Überzeugung bin, dass sie mir in diesen Wochen das Leben rettete. Nicht allein die medizinischen Maßnahmen waren es, die mich wieder genesen ließen, sondern die liebevolle Fürsorge meiner Mutter, die sich immer wieder die Zeit nahm und für mich sang. Ich durfte mir Lieder aussuchen, die ich mochte und sie sang für mich. Mein Lieblingslied war "Gänseliesel und der Hirtenknab". Die Melodie des Liedes war wunderschön und es tat mir gut, der Stimme meiner Mutter zu lauschen, wenn sie es sang. Und so wurde ich nach und nach endlich wieder gesund.

In den ersten Schuljahren gab es zum Glück kaum Sport als Unterricht. Darüber war ich nicht unglücklich, weil es dabei mehr um Wehrertüchtigung ging. Dies hatte zwei Gründe. Zum einen war ich aufgrund meines Alters der Kleinste in unserer Klassengemeinschaft. Zum anderen war es damals üblich, dass man die Kleidung seiner älteren Geschwister auftragen musste. Da ich nun mal ausgerechnet eine ältere Schwester hatte, blieb mir nichts anders übrig, als die Kleidungsstücke des Mädchens zu tragen, nachdem ihr selbst die Teile nicht mehr passten. Während die Leibchen bei den Jungen auf der Rückseite zugeknöpft wurden, waren diese bei Mädchen geschlossen, was sich wiederum deutlich von den Modellen der Jungen unterschied. Als meine Eltern mich irgendwann in den Turnverein schickten, kostete es mich viel Überwindung, mit meinen Vereinskameraden die Umkleidekabine zu betreten, weil mir klar war, dass man sich über meine Mädchengarderobe lustig machen würde.

In unserer Schulklasse hatten wir die Auswirkungen des Krieges zu spüren bekommen. Nicht nur das plötzliche Fehlen zweier Klassenkameraden, die jüdischer Herkunft waren und die immer häufigeren Fliegeralarme machten uns bewusst, welcher Zukunft wir ausgesetzt waren. Beim Einsetzen des Voralarms verließen wir unverzüglich die Schule und nahmen auswärtige Kinder mit nach Hause, damit auch sie sich in unseren Kellern aufhalten konnten. Die Dauer des Fliegeralarms wechselte ständig. Manchmal waren es nur einige Minuten, ein anderes Mal dauerte es zwei Stunden. Je nachdem, wie spät es war, mussten wir uns nach dem Einsetzen des gleichbleibenden Tons der Sirene, der für Entwarnung stand, wieder auf den Weg zur Schule machen und der Unterricht ging weiter.

Auch mein Vater war indirekt von diesen Geschehnissen betroffen. Sein langjähriger Chauffeur Vollrath, mit dem er während seiner Arbeit die Landwirte besuchte, kam auf einmal nicht mehr. Oft hatte ich die beiden auf ihrem Weg zu den Bauern begleitet, an seiner Stelle wurde mein Vater von jemand anderem chauffiert. Ich wunderte mich sehr darüber, bekam aber keine Erklärung für dieses rätselhafte Verhalten. Erst einige Wochen später war Herr Vollrath zurück und ich belauschte heimlich das flüsternde Gespräch zwischen meinem Vater und ihm, bei dem ich erfuhr, dass man ihm bereits nach zwei Tagen die Zähne ausgeschlagen hätte. Neugierig, wie man als Kind nun mal war, stocherte ich meinen Vater mit der Frage, warum sie ihm denn solche Gewalt angetan hätten. Lange druckste er herum, bis ich irgendwann herausfand, dass sich sein Fahrer über den damaligen sächsischen Minister-präsidenten Mutschmann missgünstig geäußert und ihn in der Öffentlichkeit als Pleitegeier bezeichnet habe. Dies reichte aus, um dem Betroffenen eine harte Lektion zu erteilen.

Als im Winter 1941 der U-Boot-Krieg tobte, entwickelte sich das Spiel *Schiffe versenken* für uns zu einer unterhaltsamen und spannenden Freizeitbeschäftigung. Dieses in der Erinnerung eher zweifelhafte Vergnügen hatte längst auch auf den Jahrmärkten und Rummelplätzen Einzug gehalten. Wir verbrachten unsere freien Stunden entlang eines kleinen Flusses damit, kleine Schiffchen aus Papier zu falten, um sie anschließend von einer Brücke herab mit Steinen zu versenken. Obwohl Papier Mangelware war, bereitete es uns große Freude, dieses Spiel zu zelebrieren und jeden Treffer über die feindlichen Schiffe mit Begeisterung zu feiern.

Eine eher zweifelhafte Ehre war es für mich, als ich im Alter von neun Jahren in die Hitlerjugend einberufen wurde. Die Aufforderung war sehr förmlich und glich im Grunde einer Einberufung zum Militär. Der einzige Unterschied bestand darin, dass wir noch Knaben und längst keine jungen Männer waren. Zweimal wöchentlich, mittwochs und samstags, wurden wir zum Dienst eingeteilt und an diesen Tagen durften uns die Lehrer keine Hausaufgaben aufgeben. Dies nützte uns eher wenig, weil wir dafür am Donnerstag die doppelte Anzahl Aufgaben bekamen.

Oft waren wir auf den Feldern eingesetzt, mussten Rüben verziehen und Unkraut jäten. Zu jeder Jahreszeit gab es damals für uns viel zu tun, weil die Männer fehlten.

Der Dienst in der Hitlerjugend bestand unter anderem darin, korrektes Marschieren im Zug zu lernen. Beliebt bei den Ausbildern waren auch Geländeübungen, die man gemeinhin auch ganz nüchtern als Prügeln bezeichnen könnte. Für die einen waren es Cowboy- und Indianerspiele, für die anderen war es ganz einfach das Simulieren einer Konfrontation mit Feindbildern. Manchmal war das

Szenario auch hübsch verpackt, dann ging es einfach um das Bergen eines Schatzes.

An unseren Handgelenken mussten wir während der Übungen blaue und rote Bändchen mit Wollfäden tragen und das Ziel war, den Gegner zu besiegen und diese Bänder durchzureißen. War dies geschafft, galt derjenige als tot. Es war selbstverständlich, dass die Stärksten aus der jeweiligen Gruppe gewannen. Ich persönlich war kein Kämpfer und körperlich auch keineswegs der Stärkste, deshalb bezog ich oftmals Schläge und sah zu, dass ich möglichst schnell gefangen wurde, um mir mein Bändchen entzwei reißen zu lassen. Danach musste ich nicht mehr mitkämpfen und hatte meine Ruhe.

Narben blieben dabei nicht nur in meiner Seele zurück, auch an meinem Knie sorgt eine noch heute dafür, dass ich ein ganz bestimmtes Ereignis aus dieser Zeit nie vergessen werde. Anschleichen im freien Gelände war angesagt und die Füße mussten dabei stets flach gehalten werden, damit der Feind nicht in die Fersen schießen konnte. Vom Rand aus beobachtete uns ein Jungzugführer, ob wir auch alles richtig machten. Einmal mussten wir durch eine verwahrloste Müllkippe robben. Plötzlich verspürte ich einen grässlichen Schmerz, weil ich mir an einem rostigen Stacheldraht das Knie aufgerissen hatte. Kurz darauf bohrte sich auch noch ein Dorn unterhalb dieser blutenden Wunde in das Fleisch und ich wusste nur zu gut, dass ich nicht weinen durfte, denn schließlich waren wir in der Hitlerjugend und da kannte man keinen Schmerz. "Hart wie Kruppstahl, flink wie Windhunde und zäh wie Leder". Allgegenwärtig war für uns dieses Motto, das den Kampfgeist in uns schüren sollte und welches wir an den Eingängen zu den Schulen, innerhalb der Klassenräume und auch in der Aula lasen.

Das Leben in dieser Zeit bestand allerdings nicht nur aus praktischen Übungen, sondern wir lernten an Heimabenden uns mit Hitlers Leben auseinanderzusetzen, erfuhren wichtige Strategien der Kriegsführung und bekamen fast täglich die Erfolge unserer siegreichen Armee mitgeteilt. Mit Spannung verfolgten wir auf den Landkarten, wie weit die deutschen Truppen vorankamen, denn jeder von uns besaß eine Karte zu Hause. Mit bunten Stecknadeln signalisierten wir anschaulich den neuesten Stand. Ich will nicht abstreiten, dass damals auch so etwas wie Stolz dabei war, der die Siege unserer Armee rühmte.

Ein beliebtes Fach in den Schulen war das Themengebiet *Rassenkunde*. Hier wurde uns eingebläut, dass die Arier die beste Rasse der Welt wären, denn bei allen anderen Nationen handelte es sich um minderwertige Menschen, die uns allen unterlegen waren.

In den Kinos gehörten auch vor den Kinderfilmen die Ausstrahlungen der aktuellen *Wochenschauen* zum Standardprogramm. Mit heroischer Stimmlage dokumentierte der Sprecher die ehrenvollen Taten unserer Armee, die wir voller Begeisterung auf der Leinwand verfolgten. Gezeigt wurden natürlich nur die siegreichen Aktionen der Soldaten, nicht zu sehen bekam man die vielen Verwundeten, die unzähligen Toten, Erwachsene, Kinder und das schreckliche Leid, das der Krieg und die Angriffe der Armee überall verursachten. Die Sondermeldungen des Oberkommandos der Wehrmacht demonstrierten im Rundfunk ebenfalls die Heldentaten unserer Väter. Das Motiv einer Symphonie von Liszt, diente jeweils als Ankündigung und wurde auch viele Jahre später sehr ungern gespielt, weil jeder Mensch sie ganz automatisch mit dieser Sendung und den schrecklichen Ereignissen verband.

Die 5. Klasse der Gymnasialschule war überaus nazistisch geprägt und eine der bedeutendsten Aufgaben war in den Augen der Lehrer das Führen eines Kriegstagebuchs. Um den vorbildlichen Einsatz unserer erfolgreichen Armee zu dokumentieren, sollten in diesem Tagebuch besonders Zeitungsausschnitte eingeklebt werden und zu diesem Zweck durfte auch nur das beste Papier benutzt werden. Ich war von Anfang an kein Freund dieser meiner Auffassung nach eher nutzlosen Tätigkeit und aus diesem Grunde führte ich dieses Heft eher nachlässig, um nicht zu sagen eigentlich gar nicht und hatte es absichtlich oft nicht mit. Regelmäßig ermahnte mich der Lehrer, ihm das Tagebuch zu zeigen, doch es war immer wieder zu Hause geblieben. Eines Tages forderte mich der Lehrer auf, ich solle das Heft von zu Hause holen. Mit Entsetzen stellte er dann fest, dass meine Dokumentation lediglich zwei Seiten füllte, der Rest war leer.

Daraufhin verpasste er mir so heftige Ohrfeigen, dass mir schwindelig wurde. Er blätterte die nächsten leeren Seiten auf und wieder schlug er mir ins Gesicht. Das wiederholte sich so lange, bis er die letzte Seite meines Heftes erreichte. Mit großer Wut im Bauch erzählte ich meinen Eltern, was sich ereignet hatte und meine Reaktion darauf war, dass ich mich von diesem Moment an noch weniger für Aufzeichnungen dieser Art interessierte. Als einige Zeit später ein Aufsatz mit dem Thema "Unsere Luftflotte greift an" geschrieben werden musste, bemühte ich mich, den Erwartungen zu entsprechen, um einen guten Aufsatz zu schreiben und ließ die Lehrer in dem Glauben, dass ich von dem, was ich da zu Papier brachte, überzeugt war. Zumindest lebte es sich dann deutlich unbeschwerter, denn es war genau das, was man von uns hören wollte.

Seit 1932 war Hitler an der Macht und baute seitdem seine Position immer weiter aus. Was er war und welche unheilvolle Politik er betrieb, davon verstanden wir noch nichts. Dennoch stellten wir, je älter wir wurden, immer häufiger Fragen in diese Richtung, aber wir bekamen nur ausweichende Antworten.

Damals gehörten noch Ober- und Niederschlesien zu Deutschland und für unsere Eltern waren diese Landschaften die beliebtesten Zielen des Sommerurlaubs. Ferien waren für unsere Eltern allerdings nicht freie Tage zum Ausruhen und Faulenzen, unser Urlaub hatte ein anderes Ziel. Es galt, die wunderschöne Heimat zu erkunden und sich die Freude an der Freizeit zu erarbeiten in Form von Wanderausflügen. Gemeinsam schnallten wir den Rucksack auf den Rücken und unternahmen im Riesengebirge, das damals an der deutsch-tschechischen Grenze lag, ausgedehnte Touren, die von Baude zu Baude führten. Bauden waren Hütten mit einfachster Ausstattung, die meistens nur der Übernachtung dienten.
Ein Teil war vermutlich von Nazis abgebrannt worden und meine Eltern gaben uns keine Erklärung dafür.

Ungeachtet dieser politischen Entwicklung durfte ich eine herrliche Jugendzeit erleben, an die ich mich immer gern zurückerinnere. Dies ist zum großen Teil unseren Eltern zu verdanken, die uns von dem Bösen, was sich um uns herum in Deutschland und der Welt ereignete, weitestgehend abschirmten. Auf der Schneekoppe saßen wir inmitten herrlicher Natur auf Steinen, tranken kristallklares Wasser aus Bächen und aßen dankbar unsere Wanderverpflegung, die einfach nur aus Brot und Speck bestand.

"Sommerfrische" nannte man damals den Sommerurlaub, in dem wir bei einfachen Waldarbeitern und Bauern untergebracht waren, Pilze sammelten, in den Wäldern rasteten und am Badeteich herumtollten. Viele Wanderungen gehörten zum täglichen Zeitvertreib. Wir bauten aus Tannenzapfen und Steinen Wege und Gärten. Manchmal bedauere ich die heutigen Kinder, die selten das Glück erfahren, so im Einklang mit der Natur aufgewachsen zu sein, wie wir es seinerzeit erleben durften. Später kamen auch Winterurlaube dazu, in denen wir das Skifahren lernten.

Inzwischen waren auch die Herausforderungen in der Schule größer geworden. Ich verbrachte meine Zeit an einem naturwissenschaftlichen Gymnasium. Der damalige Rektor Hunger ist uns allen in besonderer Erinnerung geblieben und wir verehrten ihn sehr. Unsere Gefühle für ihn waren von großer Hochachtung geprägt, weil wir wussten, dass wir ihm vertrauen konnten und er vertraute uns. Dies zeigte sich sehr eindrucksvoll, als wir eine Mathearbeit schreiben mussten, die länger ausfiel als ursprünglich geplant war. Mit den Worten "Ich vertraue Ihnen jetzt", verabschiedete er sich von uns auf seinem Weg in einen anderen Klassenraum. Unser Respekt vor diesem Pädagogen war so groß, dass kein Einziger von uns auch nur auf die Idee kam, vom Sitznachbarn abzugucken.

Rektor Hunger war es auch, dem man eine bahnbrechende Idee zuschreiben konnte. Unter seinem Einfluss wurde der Prototyp des Schullandheims entwickelt, den es bis dato kaum gab. Damals mussten wir am ersten Tag unseres Aufenthaltes die Kohlen und Kartoffeln noch selbst nach oben in unsere Unterkunft schleppen, um es warm zu haben und nicht hungern zu müssen.

Welche Bedeutung Rektor Hunger wirklich besaß, mag man daran bemessen, dass ehemalige Schüler seiner Schule ihm zum 40. Todestag ein Denkmal setzten. Für diese Aktion nahm eine Gruppe von Ehemaligen viel Arbeit auf sich und es wurden damalige Mitschüler ermittelt, angeschrieben und um Leistung einer Spende gebeten. Für das gesammelte Geld sollte an dem alten Schulgebäude eine Erinnerungstafel zu seinem Gedenken angebracht werden. Es ergab sich, dass aus dem auf diese Weise zusammengetragenen Betrag nicht nur die Tafel errichtet werden konnte, sondern sogar noch ein beträchtlicher Betrag übrig blieb, den wir zur Förderung der naturwissenschaftlichen Fächer an die Schulleitung weitergaben.

Nicht alles, was wir in der Hitlerjugend erlebten, war militärischer oder kriegsbezogener Natur. Mein besonderes Augenmerk galt hier der Schauspielerei und ich entschied mich frühzeitig für eine spezielle Gruppe, in der das Theaterspiel betrieben wurde. Dies war genau das Richtige für mich, weil es dort erheblich anders und nicht so militärisch zuging wie auf dem Übungsplatz.

Große Turnhallen und Tanzsäle waren zweckentfremdet und zu Lazaretten für die Versorgung von Verwundeten umgebaut worden. In diesen Lazaretten sorgte unsere Laienspielgruppe für Abwechslung in Form von kleinen Theaterstücken, wie z.B. "Die Verdunkelung von Schilda". Ich spielte einen Schneider, der in einer Szene einen heftigen Gefühlsausbruch erlitt. "Ich haue dir die Jacke voll, dass du in keinen Anzug passt!", sollte ich ausrufen. Leider vergaß ich mittendrin meinen Text, was dadurch erschwert wurde, dass auch der Souffleur nicht aufgepasst hatte. Nun stand ich mit rotem Kopf plötzlich da und schluckte nur noch, leicht beschämt, statt meine Wut hinaus zu schreien. Die Verwundeten waren von dieser kleinen Panne sehr erheitert.

Anlässlich einer Zittauer Kulturwoche spielte ich in einem Stück des Gymnasialdirektors Christian Weise, welches er in der Barockzeit geschrieben hatte, die Hauptrolle. Das Stück hieß "Die geprellte Erbschleicherin" und die Frauenrolle fiel mir wegen meiner noch vorhandenen hohen Stimme zu. Um diese Rolle überzeugend spielen zu können, steckte man mich in Frauenkleider. In der Theaterkritik lobte man "Helfrid Israel als tiefbetrübe Haushälterin Serpente", was mir einige Anerkennung meiner Mitschüler einbrachte.

Eher getrübt war die Stimmung meiner Schwester, denn als Mädchen schwärmte sie natürlich von ihren Filmidolen und insbesondere für eine ziemlich bekannte Schauspielerin. Ausgerechnet diese schickte mir als Anerkennung einen gewaltigen Blumenstrauß und einen Glückwunsch und meine Schwester erblasste vor Neid.

**Kapitel 4**
*1944*
*In den letzten Zügen*

Die Not in diesen schlimmsten Wochen des Krieges war allgegenwärtig. Für alles gab es Bezugsscheine, denn selbst wenn man sich eine Hose kaufen wollte, musste man einen solchen Schein haben und nachweisen, warum man diese benötigte. Dann wurde genauestens überprüft, wann man die letzte Hose bekommen hatte. Leere Straßen gehörten zum alltäglichen Bild, weil kaum jemand Benzin für Autos bekam.

Da auch Gummi damals knapp war, konnte kaum ein Kind mit Gummibällen spielen, sogar die Kinderwagen aus Korb besaßen statt Gummibereifung lediglich Räder aus Holz. Wenn Veranstaltungen stattfanden, brachten die Menschen alle etwas Kohle mit, um die Räume heizen zu können.

Bei Zittau gab es bereits damals ein großes Braunkohlekraftwerk. Immer, wenn die Lastwagen von dort kamen, um auf ihren großen Hängern Kohle zu befördern, suchte man die Zufahrtswege danach ab, ob nicht irgendwo ein Stückchen Kohle heruntergefallen war. Diese musste man allerdings erst noch aufwändig trocknen, weil sie nass und somit zunächst unbrauchbar war.

Auf einem Bahnhof entdeckte man einmal einige verlassene Güterwagen mit großen Fässern, in denen sich Marmelade befand, die allerdings noch nicht fertig verarbeitet war, trotzdem schleppten die Leute sie zu sich nach Hause, weil man glaubte, damit vielleicht noch etwas anfangen zu können.

Später war einmal ein großer Wagen mit medizinischen Geräten für den zahnärztlichen Bedarf bei Zittau liegen geblieben. Alles brachte man zu meinem Vater, weil er ihrer Meinung nach dafür eventuell Verwendung finden konnte, was nicht der Fall war. Stattdessen wurde das Material in unser Haus umgelagert. Ich sah mir die Sachen genau an und probierte damit allerhand aus und vielleicht wurde in dieser Zeit schon mein Interesse an Medizin geweckt.

Die Not war so schlimm, dass selbst die Bauern nicht unerlaubt ein Schwein schlachten durften, da Viehzählungen durchgeführt wurden, bei denen jedes Tier genauestens angegeben werden musste. Darüber musste später Rechenschaft abgelegt werden.

Für die Bevölkerung gab es verschiedene Lebensmittelkarten. Grundkarten deckten dabei den nötigsten Bedarf, Schwerarbeiterkarten berechtigten betroffene Personengruppen dazu, mehr als andere essen zu dürfen. Eine kleine Mettwurst musste beispielsweise eine Woche reichen. Wie unterschiedlich man mit dem Aufteilen dieser Portionen umging, zeigte sich z.B. in unserer Familie. Während meine Schwester so eine Wurst in einem Zuge aufaß, weil sie immer großen Appetit hatte, hängte ich diese Wurst neben meinem Bett auf. So konnte ich den Duft über längere Zeit genießen, bevor ich sie dann verzehrte.

Jeder, der auch nur einen kleinen Vorgarten besaß, nutzte diesen zum Anpflanzen von Gemüse wie Kartoffeln, Möhren, Kohlrabi oder auch Salat.

Selten passte der Spruch "Not macht erfinderisch" besser als in diesen Zeiten. Aus Kaffeesatz stellte meine Mutter eine Art Rührkuchen her und aus geriebenen Kartoffelschalen bereitete sie eine Art Knäckebrot zu, indem sie die Masse auf einem Blech ausbreitete und backte. All das half, um überhaupt etwas in den Magen zu bekommen, aber längere Zeit satt machte es jedoch nicht.

Als Frühstück gab es oft nur Mehl- oder Kartoffelsuppe. Auch Papier reichte nicht, denn selbst das war äußerst knapp. Weil wir in der Schule viel mitschreiben mussten, nutzte ich deshalb alte Formulare meines Vaters, die ich teilweise dreimal beschrieb. Einmal mit Bleistift, in einer anderen Richtung mit Rotstift und dann nochmal mit Tinte.

Zum Glück gab es immer wieder Gelegenheiten, satt zu werden, wenn diese auch selten waren. Die Sitte des Federschleißens kam mir dabei sehr gelegen: Im Geburtsdorf meines Vaters war es Tradition, dass nur die Frauen des Dorfes nach Weihnachten gemeinsam die Federn der Weihnachtsgänse in Stücke rissen, um sie für Kissen und Betten zu verwenden und als Belohnung für diese Arbeit gab es reichlich zu essen. Obwohl Kinder bei dieser Arbeit grundsätzlich nicht zugelassen waren, durfte ich ausnahmsweise einmal dabei sein und ich nutzte dies selbstverständlich aus und aß dann auch über meine Verhältnisse. Einmal waren es zwanzig Stück Kuchen, die ich vertilgte.

Zusätzlich belastete die Menschen die immer mehr um sich greifende Maul- und Klauenseuche. Die Bekämpfung dieser Seuche gehörte zum Spezialgebiet meines Vaters. Für die Kinder war dies nicht unbedingt unangenehm, weil aufgrund der Situation teilweise Höfe komplett abgesperrt werden mussten. Dies bedeutete, dass niemand das Anwesen unbefugt betreten oder verlassen durfte und dies galt auch für die Kinder, die dann schulfrei hatten. In seiner Funktion als Amtstierarzt war mein Vater bei den Bauern gleichzeitig sehr beliebt und gefürchtet, weil er sich in besonderen Fällen um korrekte Lösungen bemühte, andererseits bei Schlampereien auch hart durchgriff. Vor den Ortszufahrten mussten große Matten mit Sägespänen ausgelegt werden, die mit alkalischen Desinfektionsmitteln getränkt werden mussten. Wenn Fahrzeuge die Ortseingänge passierten, fuhren sie zwangsläufig über diese Matten. Für seine Kontrollen benutzte er Phenolphtalein, wenn es sich rot färbte, war alles in Ordnung.

Schlimm war auch die Hühnerpest, die häufig auftrat. Es handelte sich dabei um eine Lungenkrankheit und symptomatisch dafür war das Röcheln der Hühner. Oftmals war es mehr als erschreckend, wenn man die Tiere auf der Stange sitzen sah und diese der Reihe nach einfach hinunter kippten, wenn sie verendeten. Abgekocht konnte man sie dennoch essen. Damit die Bauern überhaupt etwas verdienten, verkauften sie die Hühner zu einem günstigen Preis von einer Mark. Mein Vater brachte manchmal bis zu zehn Hühner von einem Bauern mit und die halfen uns dann wieder eine ganze Weile weiter, die Hungersnot zu überstehen.

Auf eine seiner Dienstfahrten hatte er verbotenerweise eine Kiste Eier im Auto. Es lag viel Schnee an diesem Tag, so dass einige Kinder mit ihren Schlitten die Straße querten. Der Fahrer meines Vaters erkannte die plötzlich auftauchenden Kinder zu spät und baute einen Unfall und durch das scharfe Bremsen flogen die Eier im ganzen Auto herum und hingen zerschlagen im ganzen Fahrzeug. Als ein Polizist auftauchte, um den Unfall aufzunehmen, befürchtete mein Vater verständlicherweise großen Ärger, wenn er die illegalen Eier entdecken würde. Zum Glück stellte sich die Angst als unbegründet heraus. Der Ordnungshüter schien einen guten Tag zu haben, denn er schaute zwar in den

Wagen, ließ die Sache aber auf sich beruhen und meinte nur schmunzelnd, dass da wohl eine Ölleitung geplatzt wäre.

Das Weihnachtsfest 1944 verbrachte unsere Familie im Heimatort Zittau. Rosinen, die eigentlich in den Christstollen gehörten, waren durch kandierte Tomaten ersetzt worden, aber es schmeckte trotzdem. Eine Weihnachtsgans war die absolute Seltenheit. Trotzdem war mein Vater in der glücklichen Lage gewesen, ein solches Federvieh zu bekommen. Dies durfte natürlich niemand wissen, weil es strafbar gewesen wäre. Da wir an jenem Abend Besuch bekamen, deponierte mein Vater das Tier deshalb in einer Kiste in der Küche. Als die Gans sich plötzlich unvermittelt meldete und in ihrem Versteck zu schnattern begann, kamen meine Eltern in große Erklärungsnot. Obwohl die Situation im Nachhinein lustig anmutet, waren es Minuten voller Angst. Zum Glück endete die Geschichte für alle gut, weil niemand außer uns die näheren Umstände kannte. Nur ich war unglücklich, denn ausgerechnet in diesem Jahr hatte ich Hepatitis und musste strenge Diät halten. Dank meiner Mutter bekam ich letztlich doch noch etwas von der Gans ab, denn sie weckte eine Keule in einem Einweckglas ein, so dass ich mich beim nächsten Osterfest an der leckeren Gans erfreuen konnte.

Ich spürte jetzt auch langsam, dass irgendetwas im Kriegsverlauf nicht stimmen konnte. Die Schilderungen von den verwundeten Soldaten passten in keinem Falle zu den Berichten, die die *Wochenschau* propagierte. Mir wurde mehr und mehr klar, dass dieser Krieg für Deutschland verloren war, denn Ströme von Flüchtlingen rollten zum Jahreswechsel 1944/45 durch Ostsachsen.

Vom Roten Kreuz wurde ich als Helfer eingesetzt und musste in Flüchtlingszügen belegte Brote verteilen. Dankbar wurden diese von den Flüchtigen angenommen. Dennoch freuten wir uns umso mehr, wenn kein Zug kam, denn in diesem Falle durften wir die Brote selbst essen.

Ein einziges Mal verwandelte sich allerdings unser Ausharren auf den nächsten Zug in grauenhaften Schrecken, denn völlig unerwartet betraten wir einen Lazarettzug. Wohin man auch schaute, überall lagen schwer verletzte, teilweise grausam verstümmelte, Soldaten in ihrem Blut, denn sie waren froh, dass sie überhaupt noch am Leben waren.

## Kapitel 5
*1945*
*Die Angst vor den Russen*

Unsere Eltern überlegten, was passieren würde, wenn die Russen kämen und deshalb übte unser Vater mit uns Kindern die Handhabung einer Pistole. Diese Übungen hatten allerdings nicht den Zweck, sich notfalls mit der Waffe zu verteidigen, sondern man spielte vielmehr mit dem Gedanken, sich im letzten Augenblick zu erschießen, wenn es keinen Ausweg mehr gab.

Irgendwann gaben uns meine Eltern eine kleine Flasche, mit dem Hinweis, diese zu trinken, wenn wir in die Hände der Russen fallen würden. Ob der Inhalt dieses Fläschchens wirklich aus Gift bestand, darüber bin ich mir bis heute nicht sicher. In dieser Zeit traf auch der Vorgesetzte meines Vaters, der die Stellung eines Amtshauptmannes und Landrates innehatte, eine folgenschwere Entscheidung. Obwohl er selbst kein Nazi war, setzte er seinem Leben ein Ende, indem er erst seine Familie und dann sich selbst erschoss.

Im März 1945 näherten sich die Russen immer mehr unserer Heimat. Im April sollte ich konfirmiert werden, aber man befürchtete, dass es dazu nicht kommen könnte, denn stündlich warteten wir auf den Räumungsbefehl. Deshalb entschloss man sich zur "Notkonfirmation" und schickte uns die Nachricht mit einem Boten zu, der uns mitteilte, dass wir in zwei Tagen konfirmiert werden sollten. Im Gottesdienst klapperten die Kirchenfenster vom Kanonendonner, aber eine entspannte und fröhliche Konfirmationsfeier sah freilich anders aus.

Damals war es noch nicht üblich, Geld zu geben, dennoch bekam ich fast zweihundert Mark geschenkt. Von diesem Geld kaufte ich spontan eine zehnbändige Goetheausgabe, die bis dahin bei einem Landwirt irgendwo verstaubt in der Ecke stand. Auf dieses Geschenk, das ich mir selbst machte, war ich sehr stolz und behütete das Werk wie einen kleinen Schatz.

Mein schönstes Konfirmationsgeschenk war jedoch eine kleine Buttercremetorte, die ich mit meiner restlichen Familie teilte. So etwas Leckeres hatten wir lange nicht gegessen.

Es waren die ersten Tage im Mai des Jahres 1945, als wir mit der Familie unsere Heimatstadt verlassen mussten und wir flüchteten ins Zittauer Gebirge. Alles was wir mitnehmen konnten, sammelten wir in einem kleinen Leiterwagen, um damit auf die Flucht zu gehen. Alle im Keller noch vorhandenen Marmeladengläser füllte meine Mutter deshalb in eine große Milchkanne, denn schließlich wusste niemand, wann und wie wir wieder zu Lebensmitteln kommen würden. Auf dem kleinen Wagen musste auch noch ein Schauspieler Platz finden, der im Krieg ein Bein verloren und in unserem Haus gelebt hatte. Nur weg von hier, denn irgendwo in den Wäldern und Bergen wollten wir ein Versteck suchen, wo uns die Russen nicht finden würden.

Wäsche, Silberbestecke und andere Reste aus ganzen Hausständen lagen auf den engen Gebirgspfaden herum. Bessergestellte Bauernfamilien hatten all das aus ihren großen Zweispännern auf den holprigen Hohlwegen zurücklassen müssen, weil die Wagen aufgrund die engen und steilen Wege nicht passieren konnten.

Teilweise waren wir so durstig, dass wir für eine Stange Rhabarber, die man uns gab, glücklich waren, denn sie war so saftig, dass sie unseren Durst ein klein wenig stillte.

Immer wieder waren wir auf dem Weg durch das Gebirge Angst und Schrecken ausgesetzt. Russische Tiefflieger, die wir aufgrund der Motorgeräusche „Nähmaschinen" nannten, flogen in die Bereiche, in denen wir uns aufhielten und schossen auf uns. Ob sie uns damit nur Angst einjagen oder tatsächlich treffen wollten, konnten wir nicht sagen. Dennoch rannten wir natürlich links und rechts in den Wald, um uns zu schützen. Mitunter schossen die Tiefflieger auch auf die Ballons auf den Autobussen, die statt Benzin mit Gas gefüllt waren und dann mit einem gewaltigen Knall explodierten.

Auf einem freien Gelände kam es zu einem Zwischenfall, der mir viel Ärger eingebracht hat. Der Weg führte steil bergauf und die Pferde, die von den Soldaten vor die Wagen gespannt waren, mussten die Lasten ziehen. Dem deutschen Militär war das Tempo der Tiere zu langsam, weshalb man sie mit der Peitsche schlug. Für mich war es unverständlich, diese Tiere derart zu quälen. Das sagte ich auch den Soldaten und darauf schlugen sie mit der Peitsche nach mir.

Als wir unser Tagesziel erreichten, konnten wir bei einer Tante im Dorf übernachten und zogen am nächsten Morgen früh weiter.

Am nächsten Tag überschlugen sich die Ereignisse. Während aus einer Richtung Russen kamen, näherten sich von der anderen Seite Amerikaner. Wir wussten nicht, wer die Besetzer waren und fühlten uns gleichzeitig ausgeliefert und eingekesselt. Völlig planlos rissen die deutschen Soldaten ihre Hoheitsabzeichen von der Uniform, flohen und liefen den Amerikanern direkt in die Arme. Später sahen wir im Wald überall viel Munition liegen, die von Soldaten weggeworfen war und verlassene Panzer, Pistolen und Munition säumten die Wege im Wald. Wir Jungs machten uns Wochen später einen Spaß daraus, den Brennstoff aus den Granaten zu nehmen, in einer langen Linie auf den Boden zu streuen und wie eine Lunte anzuzünden.

In der Nacht gesellte sich ein Mann zu uns, der uns belauscht haben musste und erkannte, dass wir Deutsche waren. Vorsichtig fragte er uns, ob er die Nacht in unserer Mitte verbringen könnte. Es handelte sich um einen deutschen Soldaten, der auch auf der Flucht war.

Am nächsten Tag sandten wir einen alten Mann aus unserer Gruppe als Vorboten in das Dorf, um die Lage zu erforschen und nach mehreren Stunden kehrte er zum Glück unversehrt zurück und teilte uns mit, dass es ganz friedlich zuging.

Nun entschlossen wir uns dazu, in das Dorf zurückzukehren. Kurz darauf hatte ich die erste Begegnung mit einem russischen Offizier, der in einem Jeep stand und an dem wir vorbeizogen. Mir blieb für einen Moment das Herz stehen, weil ich nicht wusste, was passieren würde. Zückte der Mann jetzt vielleicht seine Pistole und schoss auf mich? Aber nichts von alledem geschah. Der Offizier sah mich an und nickte mir freundlich zu.

Endlich waren wir nach Tagen der Flucht wieder in unserer Heimatstadt Zittau angekommen. Glücklicherweise war die Stadt von Bombenangriffen weitestgehend verschont geblieben. Zehn bis zwölf Bomben waren hier niedergegangen und nur zwei oder drei Häuser wurden zerstört. Nichts Wesentliches, über das man sich hätte beklagen können. Die Sieger traten uns Kindern gegenüber stets freundlich, teilweise sogar schon herzlich entgegen. Allerdings waren die Ängste noch nicht gänzlich überstanden. Sowohl meine Mutter als auch meine Schwester versteckten sich in diesen Tagen oft hinter einem Verschlag auf dem Dachboden. Die Gründe dafür verschwieg man.

Unser Vater betrat als Erster die Wohnung. Die erste Besichtigung der Räumlichkeiten war erschreckend: Mitglieder der Besatzungsmacht hatten viel geplündert. Es dauerte Tage und Wochen, bis wir mühsam alles halbwegs sortiert bekamen und realisierten, dass die Zeit des Krieges nun endgültig zu Ende war.

## *Kapitel 6*
*Mai 1945*
*Die Stunde Null*

Die lange Zeit der Angst vor Fliegerangriffen und feindlichen Überfällen war vorüber, stattdessen standen wir vor einem großen Nichts. Es herrschte eine große Unsicherheit, eine Unordnung der Verhältnisse und niemand von uns wusste, wie sich diese entwickeln würde. Direkt nach Kriegsende fehlte jede Art von staatlicher Lenkung, es gab keine behördliche Institution, die uns weiterhelfen konnte, keine Polizei, an die man sich hätte wenden können. Auch für die Besatzungsmächte war es sicher eine schwierige Zeit, um die Ordnung wiederherzustellen.

Das Verkehrswesen war für lange Zeit völlig zusammengebrochen. Für Wege, die sonst innerhalb innerhalb einer Stunde bewältigt werden konnten, brauchte man nicht selten einen halben Tag. Dies lag unter anderem daran, dass die Eisenbahnzüge nicht mehr planmäßig fahren konnten, weil auf den Strecken fast alle Brücken gesprengt waren. Deshalb musste man immer wieder aussteigen und hinter der Brücke die Fahrt fortsetzen. Auf der Strecke von Zittau nach Dresden gab es beispielsweise keine Fahrpläne mehr.

Viele Menschen, die mit nichts als ihrem Leben aus diesem Krieg hervorgingen, waren auf sich selbst gestellt und niemand war in der Lage, einem zu sagen, wie man sich verhalten sollte, um seine Familie zu ernähren oder wie die Zukunft aussehen würde. Alle gingen einer Zeit entgegen, die so viel Ungewissheit barg, Plünderungen und Vergewaltigungen hielten noch lange an.

In diesen Monaten begann zunächst jeder zu überlegen, wie und wo man sich etwas zu essen beschaffen konnte. Bäcker wurden in der Hoffnung abgeklappert, dass sie noch etwas Brot oder Mehl übrig haben würden, Bauern angebettelt, um zumindest in den Besitz von ein paar Kartoffeln zu kommen. Viele nutzten die Armut der Menschen aus, denn der Hunger war allgegenwärtig und trieb jeden dazu, alle Habseligkeiten für ein wenig Essen herzugeben. Eine Kuh tauschte man beispielsweise gegen eine Flasche Schnaps ein und selbst Perserteppiche boten die ausgehungerten Menschen im Tausch gegen Lebensmittel an.

Nur langsam verlor der allen noch gegenwärtige Krieg seinen Schrecken. Trotz aller Widrigkeiten war es um mich und um meine Familie noch relativ gut bestellt. Im Gegensatz zu vielen anderen waren wir durch die Wirren des Krieges nicht in alle Richtungen verstreut worden, sondern befanden uns noch gemeinsam in unserer sächsischen Heimat.

Nach Kriegsende bestand zunächst keine Möglichkeit zur Schule zu gehen. Es dauerte etwa vier bis fünf Monate, bis die Schulen wieder öffneten und Unterricht erteilt wurde. In unserem Falle wurden zwei Schulen zusammengelegt. Außer in den Abiturklassen fand nur alle zwei Tage Unterricht statt. Für mich und viele andere meiner Generation war es jetzt wichtig geworden, zu lernen und deshalb waren wir froh, als wir wieder unterrichtet wurden. War es früher für uns die allergrößte Freude gewesen, wenn die Schule ausfiel, wandelte sich diese Stimmung irgendwann in eine gewisse Sorge, die Chance auf Bildung zu verpassen. Bis zu diesem Zeitpunkt war ich zugegebenermaßen ein recht zurückhaltender, um nicht zu sagen, fauler Schüler gewesen, aber mittlerweile entwickelte ich Fleiß und Ehrgeiz.

Ganz einfach war unser Wissensdurst aber dennoch nicht zu befriedigen. Der Krieg hatte seine Opfer auch unter den Lehrern gefordert. Viele von ihnen kehrten nicht mehr zurück. Überlebende wurden aus dem Schulbetrieb entfernt, weil man ihnen unterstellte, Nazis gewesen zu sein. Die nun tätigen Lehrer hatten vorher einen anderen Beruf erlernt. Ein hoch qualifizierter Diplom-Ingenieur unterrichtete beispielsweise Physik und wir wussten, dass dieser Mann an der *Wunderwaffe* V2 beteiligt gewesen war und mit Wernher von Braun, dem Pionier der heutigen Raketentechnik, zusammengearbeitet hatte. Obwohl ein großer Wissenschaftler, war er pädagogisch kaum in der Lage, sein Wissen zu vermitteln.

Teilweise kamen neue Schüler aus russischer Kriegsgefangenschaft und waren älter als die Lehrkräfte. Dies führte dazu, dass manchmal der Respekt vor diesen "jungen neuen Pädagogen" fehlte und es kam sogar einmal vor, dass die Schüler einem der Lehrer eine Tracht Prügel verpassten.

Andere Lehrer nahmen wir oft kaum noch ernst. Einem Russischlehrer wurde dies zum Verhängnis. Neben unseren beiden Gymnasialklassenräumen befand sich eine Bodenkammer, von der aus man einen Blick auf die Treppe hatte. Wir versteckten uns vor dem Unterricht in dieser Kammer und als der Lehrer im Klassenraum war, verschlossen wir die Tür von außen mit einem Stock unter der Klinke. Da es die letzte Stunde war, befreite ihn der Hausmeister erst am Nachmittag aus seiner misslichen Lage.

Es war eine große Herausforderung, uns orientierungslos gewordene Kinder zu erziehen. Jahrelang vermittelte man uns Ideale und Leitbilder, die nun ganz plötzlich nicht mehr existierten. Wieder gab es Gruppen, in die man sich integrieren musste. Ernüchtert stellten oft viele von uns fest, dass sie im Grunde vom Regen in die Traufe geraten waren.

Für uns Jugendliche war es schwierig geworden, eine Orientierung zu finden, die unserer Gesinnung entsprach. Viele von uns fühlten sich in der landeskirchlichen Gemeinschaft gut aufgehoben, denn sie waren die Ersten, bei denen man annehmen durfte, dass sie eine feste Meinung vertraten. Aus diesem Grund gehörten wir dieser Gemeinschaft lange an. Danach machten wir uns als Junge Gemeinde selbstständig. Tatsächlich zählte ich mich zu den Begründern dieser neuen Gemeinschaft der Jungen Gemeinde, die sich von da an überall verbreitete. Ähnliche Gruppen gab es auch bald in Bautzen und Görlitz. In dieser Zeit entstand meine tiefe Beziehung zur Kirche, die mir mein Leben lang erhalten geblieben ist. Die Arbeit in der Jungen Gemeinde bildete quasi die Wurzeln für meine spätere kirchliche Arbeit.

In einem kirchlichen Raum in Zittau fanden wir uns regelmäßig zusammen, um unsere Gedanken auszutauschen und zu beten. Leider fehlte uns anfangs ein echtes Kreuz und da wir unbedingt eines haben wollten, wandten wir uns an einen befreundeten Förster und fragten ihn, ob er uns ein Holzkreuz beschaffen könne. Schon bald wurde unser Wunsch erfüllt. Mit zwei Leiterwagen besorgte der Mann uns dann eine Birke, die wir etwa fünfzehn Kilometer durch das Zittauer Gebirge bis zu unserem Gemeinderaum beförderten. Dort angekommen sägte uns ein Tischler aus dem Stamm ein Kreuz zurecht, das schon bald an der Wand unseres Versammlungsraumes seinen Platz fand.

Als Symbol der Jungen Gemeinde hatten wir ein Kugelkreuz, aber dies wiederum störte die FDJ-Leute.

Schließlich war es gegen ihre eigene Gesinnung. Bald schon musste man damit rechnen, dass man von einem überzeugten FDJ´ler verprügelt wurde, wenn man mit diesem Symbol auf der Kleidung gesehen wurde. In Halle begegnete ich einmal einer größeren Gruppe der FDJ, so dass mir nichts anderes übrig blieb, als das Bekenntnis meines Glaubens für den Moment zu verstecken, sonst wäre auch ich Gefahr geraten, Ärger zu bekommen.

Nach 1945 denunzierte meinen Vater ein alter Nazi und aufgrund dieser Anschuldigungen wurde er aus seinem Amt als Kreistierarzt suspendiert. Von heute auf morgen stand er plötzlich vollkommen mittellos da. Wir gingen deshalb täglich in den Wald, sammelten Beeren, Pilze und alles, was essbar war und sich verkaufen ließ. Es war eine bittere Zeit voller Schamgefühl und verlorenem Stolz.

Erst 1947 wurde mein Vater rehabilitiert und konnte seine Arbeit wieder aufnehmen. Dennoch lehnte er eine Berufung als Landestierarzt in Sachsen ab und im Nachhinein stellte sich diese Absage als großes Glück für uns dar. Schließlich war er durch und durch Praktiker, der die Sprache der Bauern verstand. Wenn er mit ihnen redete, nahm er kein Blatt vor den Mund. "Zeigt mal her eure Mistviecher!", rief er ihnen mitunter zu und genauso wollten es die Landwirte auch hören. Was wäre wohl, wenn er seine Zeit in einem stickigen Büro bei der Verwaltung in Dresden verbracht hätte?

Mit der Besatzungsmacht, die ganz allmählich Ordnung in unserem Land schaffte, entstanden langsam auch wieder etwas festere Strukturen, die dem Alltag eine gewisse Kontur gaben. Immer häufiger wurde das russische Wort "propusk" zu einem geläufigen Begriff. Darunter verstand man Genehmigungen, die die unterschiedlichsten Rechte formulierten. Teilweise gab es auch überhaupt keine vorgedruckten Formulare dafür, manchmal wurde deshalb "propusk" mit roter Farbe über alte Kennkarten und Führerscheine gedruckt und damit war der Erlaubnisschein für die verschiedensten Dinge fertig. Alle Besatzer kannten und respektierten das.

Als mein Vater wieder mit seiner Tätigkeit begann, machte er gegenüber den Behörden geltend, dass er unbedingt jemanden brauchte, der für ihn Nachrichten übermittelte. Der sollte natürlich ich sein. Die Rechnung ging auf. Kurze Zeit später erhielt ich ein "propusk" für diese Botendienste und gleichzeitig ein Fahrrad, das ich für diese Zwecke verwenden durfte. Obwohl das Ding eher einem Klappergestell glich, war ich froh und erleichtert, überhaupt einen Drahtesel zu besitzen, weil alle Fahrräder zuvor abgegeben werden mussten.

Nach und nach wurde mein Vater im Rahmen seiner tierärztlichen Tätigkeiten wieder zu einzelnen Höfen bestellt. Mit seiner burschikosen Art fand er schnell Gefallen bei den Landwirten und wurde gern gesehen. Manchmal kam es dabei auch zu dem einen oder anderen Zwischenfall. Als er eine Reihe von Kühen untersuchte und dabei rektal mit Hand und Arm einzugreifen hatte, stellte er einmal kurz vor dem Abschluss fest, dass ihm sein Ehering verloren gegangen war. Mit frischer Tat begann er wieder bei der ersten Kuh, um sich nacheinander durch die Hinterteile der Tiere durchzuarbeiten. Glück im Unglück war, dass er bereits bei der vierten Kuh seinen Ring wiederfand.

Einen dieser Ausflüge habe ich noch heute in bester Erinnerung. Nachdem die Oder-Neiße-Grenze gezogen worden war, befanden sich zwei einzelne russische

Bauernhöfe als Enklave im neuen polnischen Hoheitsgebiet. Zu einem dieser Bauernhöfe wurde mein Vater gerufen und dieser Einsatz war mit gemischten Gefühlen behaftet. Meine Mutter bat mich deshalb auch, meinen Vater zu begleiten, damit er wieder zurückkam, denn wenn ein Kind dabei war, erhöhte dies die Chancen, weil man Kindern im Allgemeinen nichts antat.

Wir wurden von einem russischen Offizier mit Kutsche abgeholt. Die Fahrt war schon mehr als abenteuerlich, denn der Kutscher mochte allerlei Qualitäten haben, doch das Führen eines solchen Fahrzeuges zählte nicht zu seinen großen Talenten. Statt auf dem Weg zu bleiben, krachte er plötzlich mit der Deichsel kräftig gegen einen Baum. Während die Zugvorrichtung unbeschadet blieb, wurde das Kummet, der gepolsterte Ring um den Hals des Pferdes, auseinandergerissen und war nicht mehr zu gebrauchen. Unser Kutscher suchte für die weitere Fahrt ein neues Kummert und nahm es einfach mit.

Auf dem Weg mussten wir auch über eine kleine Brücke, an deren Ende uns ein polnischer Offizier erwartete, der uns kontrollierte. Doch tatsächlich wurde nur der russische Offizier bis ins kleinste Detail "gefilzt", während der Kontrolleur meinem Vater und mir kaum Beachtung schenkte.

Der Aufenthalt auf dem russischen Bauernhof glich einer Begegnung im Schlaraffenland. Nachdem mein Vater die Behandlung der kranken Tiere abgeschlossen hatte, wurden wir an einen großen Tisch zum Essen eingeladen und es gab leckere Erbsensuppe. Für uns, die wir ziemlich ausgehungert waren, glich das einer wahrhaften Leibspeise. Was blieb uns also anderes übrig, als uns den Bauch vollzustopfen? Wie hätten wir auch wissen sollen, dass diese Suppe erst die

Vorspeise war, denn danach gab es noch Kartoffelbrei und gebratenes Fleisch. Wir ärgerten uns, dass wir bereits vorher zu viel gegessen hatten, denn noch wussten wir nicht, dass es für eine russische Familie eine Beleidigung ist, das Essen abzulehnen. Wir mussten nochmal zugreifen, obwohl unsere Bäuche von der Erbsensuppe schon voll waren.

Als wir aufbrechen wollten, bat uns eine der Frauen an einen Waschkessel, in dem frische Milch abgekocht wurde. Ich ahnte, was auf uns zukam und es kostete mich große Überwindung, nun auch noch warme Milche trinken zu müssen. Hinterher war ich froh und erleichtert, dass ich mich nicht übergeben musste. Die schönste Belohnung für uns und meinen Vater war jedoch das riesige Stück Fleisch, das er mit nach Hause bekam. Etliche Tage wurde unsere gesamte Familie davon satt.

In der darauffolgenden Zeit wurden ältere Schüler zu Arbeiten eingeteilt. Ich selbst wurde zu einem Rittergutsbesitzer geschickt und musste auf dem Feld arbeiten. Während mein Lehrer sich mit dem Eigentümer im Haus regelmäßig den Bauch vollschlug, musste ich mir mein Essen zur Arbeit selbst mitbringen. Lediglich einmal in der Woche bekam ich einen Liter Milch als Lohn.

Die Russen verhafteten in dieser Zeit alles, was auch nur im Entferntesten nach Nazis roch und was mit ihnen passierte, wusste kein Mensch. Natürlich bekam auch ich das mit. Einmal sah ich einen Zug von Männern, die in Reihe und Glied weggeschafft wurden. Um meine Arbeit von der anderen Seite des Feldes zu beginnen, musste ich diese Kolonne durchqueren. Den Aufsehern rief ich nur das Wort *rabotti* zu, was so viel wie arbeiten hieß und zeigte auf die andere Straßenseite. Da sie es verstanden, ließen sie mir eine kleine Lücke, damit ich durchgehen konnte. Da mir die

Männer leid taten, hielt ich unauffällig mein Frühstücksbrot offen in den Händen und irgendein Mann erkannte mein Vorhaben und nahm es an sich. Leider blieb das nicht unbemerkt und sofort kam ein Russe auf mich zu und drohte mir mit der Faust.

Ein anderes Mal fiel mir beim Heuwenden nahe der Neiße, an der die Grenze zu Polen verlief, eine polnische Doppelstreife auf, die Patrouille lief. Zunächst dachte ich mir nicht viel dabei und beobachtete die beiden Männer. Plötzlich hörte ich einen Schuss und im gleichem Moment wurde mir bewusst, dass die Grenzer auf mich schossen. So schnell wie es ging versteckte ich mich hinter einem Heuhaufen. Vielleicht war es den Männern nur langweilig gewesen und sie hatten in die Luft geschossen, um mir Angst zu machen. Mit Sicherheit konnte ich es jedoch nicht sagen. Von nun an ließ ich bei meiner Arbeit auf dem Feld äußerste Vorsicht walten, wenn ich sah, dass die Grenzer wieder ihre Runden drehten.

***Kapitel 7***
*1947*
*Ein Konzert in Leipzig*

Schon zu Zeiten der Hitlerjugend hatten wir ein Liebhaberorchester gegründet, in dem ausschließlich Schüler spielten. Allerdings musste jetzt die musikalische Vereinigung offiziell als FDJ-Orchester bezeichnet werden, weil wir sonst nicht auftreten durften, denn unter der russischen Besatzung herrschte eine Machtbefugnis über alles, auch was Musik betraf. Der Leiter des Orchesters war ein Dirigent, der etwas älter war als wir. Damals gehörten wir zu den einzigen drei Orchestern aus Sachsen, die bis in den Landesausscheid kamen.

Es war im Jahre 1947, als wir zu einem Konzert nach Leipzig reisen sollten. Da die Zugverbindungen zu jener Zeit noch nicht wieder alle ausgebaut waren, wäre die Fahrt von zweihundert Kilometern an einem einzigen Tag kaum zu schaffen gewesen. Aus diesem Grund fuhren wir bis Dresden und übernachteten dort in der leer stehenden Mutschmann-Villa. Am folgenden Tag ging die Fahrt weiter nach Leipzig. Hier planten wir noch eine ausgiebige Probe, zumal sich der Rundfunk angesagt hatte und wir unser Bestes geben wollten. Das Gewandhaus war im Krieg zerstört worden. Stattdessen sollte das Konzert in einem Konzertsaal im Leipziger Zoo stattfinden.

Wir alle freuten uns sehr auf den bevorstehenden Auftritt, umso enttäuschter waren wir aber, als man uns kurz vor dem Konzert eröffnete, dass es keine Veranstaltung geben könnte, weil die Russen dies nicht genehmigten. So blieb uns nichts anderes übrig, als wieder nach Hause zu fahren. Dies erwies sich jedoch schwieriger als gedacht, denn wir mussten auf dem Leipziger Hauptbahnhof noch lange warten. Erst nach über zwei Stunden erfuhren wir, dass es eine kuriose Erklärung dafür gab. In Ludwigslust hatten die Russen die Lokomotive ausrangiert, weil sie sie für andere Zwecke benötigten. Die ganze Nacht lang warteten wir, bis man endlich eine neue Lokomotive aufgetrieben hatte, die morgens um vier endlich in den Bahnhof einfuhr und uns aufnahm. Da die Waggons überfüllt waren, fand ich keinen Platz mehr auf den Holzbänken, sondern musste zwangsläufig die Fahrt von Leipzig nach Dresden im Gepäcknetz verbringen.

## *Kapitel 8*
*1948*
*Ende der Schulzeit*

Ein Jahr später, im Jahre 1948, endete meine Schulzeit mit dem Abitur. Damals gab es noch keine Wahlfächer wie heute. Wir wurden fünf Tage in unterschiedlichen Fächern schriftlich geprüft. Danach fand die mündliche Prüfung statt. Wir alle waren hochmotiviert und lernten teilweise bis tief in die Nacht hinein.

Während der Prüfungen musste neben einem Vertreter der russischen Administration der Schulrat anwesend sein, aber der hatte von dem, was wir wissen mussten, wenig Ahnung. Als mich einer der Prüfer nach dem Hauptwerk des italienischen Dichters Dante fragte und ich "Divina Commedia" nannte, sah ich, wie der Schulrat den Kopf missbilligend schüttelte, mein Prüfer aber beurteilte die Antwort richtig und ich bekam eine eins.

In den Jahren 1948 und 1949 begann meine zweite Theaterkarriere, diesmal als Sänger im Chor. In Zittau waren zu jener Zeit viele guten Schauspieler engagiert, weil die meisten großen Theaterbühnen zerstört waren. Ein Jahr lang sang ich im Verstärkungschor in der "Zauberflöte", im "Fliegenden Holländer", in der "Ungarischen Hochzeit" und in einem Soloquartett.

Die Regularien waren in den meisten Schauspielhäusern, sehr streng. Auf der Bühne zu essen war absolut verboten und es herrschte eiserne Disziplin.

In der Operette "Ungarische Hochzeit" zog Maria Theresia mit ihrem Gefolge in ihr Schloss ein. An einem

Silvesterabend machte man sich den Spaß, "passend dazu" die lautstarke Donnermaschine einzuschalten, was natürlich lustig wirkte. Das war Silvester ausnahmsweise erlaubt, aber gelacht werden durfte auf der Bühne nicht. Da trotzdem einer gegen diese Regelung verstieß, gab es großen Ärger und der Inspizient sollte feststellten, wer der "Sünder" war, und das war schwer, denn er selbst hatte die Donnermaschine eingeschaltet.

Nach dem Abitur wollte ich eigentlich Veterinärmedizin studieren, aber Kinder von Akademikern wurden grundsätzlich nicht zur Uni zugelassen, denn die neu gegründete SED hatte das so angeordnet.

Mein Medizinstudium scheiterte unter anderem daran, dass es bereits in diesen Tagen Stasileute gab, die ihre Augen und Ohren überall hatten. Dies musste bereits zu meiner Schulzeit so gewesen sein, denn nachdem ich mich für eine Praktikantenstelle in der Veterinärmedizin in Dresden beworben hatte und meine Pläne dort persönlich vorstellen sollte, ging ich zunächst von einer reinen Formalität aus, aber leider sah die Realität anders aus. Völlig überraschend für mich hielt man mir während des Gespräches meine Familiengeschichte mit Dingen vor, die ich während meiner Schulzeit vor der Klasse geäußert hatte. Meine Vergangenheit würde aufzeigen, dass ich für den neuen Staat nicht geeignet wäre. Deshalb entschloss ich mich für das Studium der Kirchenmusik in Halle und meldete mich dort für die Aufnahmeprüfung an.

## Kapitel 9
*Studium der Kirchenmusik in Halle*

In Halle gestaltete es sich als äußerst schwierig ein Zimmer zu bekommen, noch dazu eines mit Klavier. Meine erste Studentenbude fand ich schließlich bei einer netten, aber auch etwas merkwürdigen Familie. Das sehr kleine Zimmer war in eine Ecke des Hauses gebaut und vollgestopft mit Geweihen, die bedrohlich an den Wänden hingen und wahrscheinlich von einem Familienmitglied stammten und es glich schon einer Beleidigung, dass ich diese in Unkenntnis der Herkunft als Kleiderständer zweckentfremdet hatte.

Merkwürdig war auch meine Waschgelegenheit: In eine Ecke gequetscht befand sich neben dem Toilettenbecken eine Waschschüssel und ich nahm verwundert glucksende Geräusche wahr, die aus einem Hühnerstall kamen. Vom Hof aus war deshalb eine Leiter installiert, die bis hinauf in den ersten Stock reichte. Später zog aus und wohnte bei einem a netten alten Herrn.

Während der Kirchenmusikzeit gab es viele schöne Ereignisse, an die ich gern zurückdenke.

Einmal wanderten wir mit allen Kommilitonen und unserem Direktor von Ilsenburg aus auf den Brocken. Die Bahn, die heute bis auf den Gipfel fährt, war seinerzeit stillgelegt, weil ein Teil der Gleise über westdeutsches Gebiet führte.

Zu Konzerten fuhren wir mit der Bahn oder auf einem mit Bänken versehenen Lastwagen. Oft war auch der Posaunenchor mit, der unterwegs zur Unterhaltung flotte

Weisen blies und die Bewohner in den Dörfern aufhorchen ließ.

Zu Rundfunkaufnahmen brachte uns unser „Bus" auch einmal bei klirrender Kälte nach Berlin zum RIAS, einem damals bekannten Sender. Zum Glück hatte uns unsere Küchenleiterin ein Thermosgefäß mit heißem Tee mitgegeben, damit wir uns unterwegs aufwärmen konnten.

Vor einem Konzert in Bernburg, das an einem äußerst schwülen Tag stattfand, hatte die zuständige Kirchengemeinde in guter Absicht einen großen Topf Erbsensuppe bereitet, die wir vor dem Konzert fast gierig vertilgten, was aber unsere Aufmerksamkeit bei der Aufführung erheblich beeinträchtigte und wir kamen mitten in einer Motette aus dem Takt, mussten abbrechen und neu anstimmen, d.h. wir „schmissen um", für den „Elitechor" eine schreckliche Blamage. Unser Rektor tat spontan das Beste, was man tun konnte: Statt zu schimpfen schlug er sich scherzhaft auf den Oberschenkel und lachte. Das löste unseren Schock schnell.

In der für uns zuständigen Kirchengemeinde wurde ich einmal gebeten den Konfirmandenunterricht zu übernehmen, weil zwei Pastoren und ein Diakon nicht zurechtkamen, weil die Mädchen und Jungen äußerst undiszipliniert waren, würde ich das schaffen? Meine Bedenken trug ich zwar vor, sagte aber zu. Die diesbezüglichen Weigerungen meiner Vorgänger lernte ich bereits in der ersten Stunde kennen, als mir bei einer verhängten Stromsperre plötzlich in der Dunkelheit alle möglichen Gegenstände um die Ohren flogen und ich mich nur durch schnelles Verlassen des Raumes vor die Tür retten konnte. Ein halbes Jahr betreute ich die Konfirmanden noch und es war mir schließlich gelungen, der Angelegenheit Herr zu werden. Zum Schluss hatten wir miteinander ein fast schon freundschaftliches Verhältnis aufgebaut. Für mich aber war es vielleicht eine zukunftsweisende Erfahrung.

In diese Zeit fiel auch einer der ersten Besuche daheim bei meinen Eltern in Zittau. Meine Schwester studierte damals in Leipzig und unsere Heimreise konnten wir im gleichen Zug antreten.

Als wir einmal nachts gegen ein Uhr zu Hause ankamen, wurden wir von zwei Volkspolizisten „in Empfang" genommen, die uns zunächst verhafteten und in ein separates Zimmer brachten, wo wir unsere Koffer auspacken mussten. Offenbar waren die Kontrolleure sehr enttäuscht, als sie darin nur schmutzige Wäsche fanden.

Viele Jahre später erfuhr ich dann darüber nähere Einzelheiten: Man vermutete bei uns Propagandamaterial einer Widerstandsgruppe, die ihre Zentrale in Leipzig hatte.

## *Kapitel 10*
*1953*
*Der Aufstand*

Eines meiner gravierendsten Ereignisse erlebte ich am 17. Juni 1953 in Halle. Während es morgens noch vollkommen ruhig gewesen war, traf ich auf dem Heimweg von der Kirchenmusikschule eine große Menschenmenge, die ihre SED-Abzeichen wegwarf und zertrat. Wenig später kam mir dann auch noch ein langer Marschblock entgegen, der sich in Richtung SED-Zentrale bewegte. Dabei handelte es sich um eine Demonstration von Arbeitern aus den südlich gelegenen Leuna- und Brunawerken. Unter großer Anteilnahme der jubelnden Bevölkerung wurden hier öffentlich Akten verbrannt, um damit gegen das herrschende Regime zu protestieren. Erst am Nachmittag fuhren russische Panzer auf, die ihre Kanonen gegen die Menschen richteten. Zum Glück kam es zu keinem Blutvergießen. Erst nach Verhängung einer Ausgangssperre trat nach wenigen Tagen zur großen Enttäuschung der Bevölkerung Ruhe ein der Aufstand hatte keinerlei Veränderung gebracht.

Ausgerechnet an diesem Tage war mein Bruder zur Aufnahmeprüfung in den Thomanerchor nach Leipzig bestellt worden, wohin er aus persönlichen und familiären Gründen wechseln wollte und meine Mutter, die ihn begleitete, fand infolge des Arbeiteraufstandes keine Erklärung dafür, warum es bei der Ankunft in Leipzig rund um den Hauptbahnhof und auch in der Stadt überall brannte.

## Kapitel 11
### *1955*
### *Studentenleben in Berlin*

Die grundsätzlichen Verhältnisse in der DDR änderten sich zwar nicht, doch es gab noch keine Mauer und man konnte die Grenze passieren. Mir war klar, dass ich nach Berlin musste, um dort zu studieren, da ich in Leipzig mehrmals eine Ablehnung erhalten hatte. Von der Freien Universität Berlin besaß ich jedoch eine Zulassung, die ich persönlich unterschreiben musste. Rund um Berlin waren Volkspolizisten postiert, die die Ein- und Ausreisenden genauestens überprüften.

Neben meinen Prüfungspapieren von der Kirchenmusikschule hatte ich natürlich auch die Zulassung zur Freien Universität West-Berlin in meiner Brieftasche. Offiziell sagte ich, ich wolle mich um eine Organistenstelle bewerben. Nun stand der Volkspolizist vor mir, der mich eindringlich musterte und Blatt für Blatt meine Papiere durchblätterte. Als er bei dem Schreiben der Universität angelangt war, hätte er mir die Einreise verweigern müssen, stattdessen gab er mir die Papiere zurück und verabschiedete sich mich mit den Worten „Dankeschön, gute Weiterfahrt!" Es gab also noch anständige Kontrolleure.

Nun stand ich mit zwei Koffern mitten in West-Berlin in dem Bewusstsein, dass ich meine Eltern möglicherweise nie wiedersehen würde. Immerhin war ich ein Flüchtling und konnte kaum damit rechnen, jemals wieder in meine Heimat zu gelangen. Von meiner Zukunft wusste ich nur, dass ich studieren und in einem Studentenheim in Dahlem wohnen konnte.

Alles andere war ungewiss, besonders auch die Frage, woher ich das Geld nehmen sollte, um für meinen Unterhalt aufzukommen. Zum Glück erhielten wir damals vom Senat eine Unterstützung von immerhin achtzig Mark im Monat, mit der man über die Runden kam. Dafür kauften wir Studenten die billigsten Lebensmittel, die wir bekommen konnten. Eine große Hilfe war, dass wir von der Freien Universität ein kostenloses Mittagessen bekamen.

Das Leben im Studentenheim war mit vielen Bräuchen bei der Aufnahme eines Neulings verbunden.

Zwischen dem Mädchen- und dem Jungentrakt befanden sich unsere Waschräume, die so konstruiert waren, dass man das Wasser von außen warm oder kalt regulieren oder ganz abstellen konnte, wenn ein Kommilitone unter der Dusche stand. Zusätzlich nahmen wir auch noch die Kleidungsstücke weg, sodass er nackt an dem Mädchentrakt vorbeilaufen musste. Wer das übel nahm, den ignorierten wir, wer es aber mit Humor trug, der wurde bei uns aufgenommen.

Maximal zwei Jahre nahm uns das Studentenheim auf. Innerhalb dieser Zeit musste man sich selbstständig um eine Unterkunft bemühen. Diese fand im Gemeindehaus der Hohenzollernkirche Wilmersdorf und zwar an einem Ort, der nicht unbedingt zum Zwecke des Wohnens vorgesehen war. Während im vorderen Teil des Hauses die Pfarrer wohnten, bestand der Mittelteil noch aus einer Ruine, der restliche Abschnitt war Rohbau. In meinem neuen Zimmer befand sich vorher eine Toilette, hier zog man eine Wand ein, damit ich über einen abgeteilten Raum verfügte, in dem ich wohnen konnte. Mein Bett bestand aus einer Matratze auf vier Ziegelsteinen und die Rohre, die sich aufgrund der vorherigen Nutzung durch meine vier Wände zogen, störten mich nicht sonderlich. Zur Ausstattung meiner Wohnung gehörte ein alter Schrank, ein mindestens ebenso alter Schreibtisch und ein kleiner Tisch. Waschen musste ich mich auf der Toilette eine Etage höher. Ich wohnte also tatsächlich zwölf Jahre lang in einer ehemaligen Toilette.

Meine Aufgabe war dafür die Jugendarbeit in der Gemeinde aufzubauen, ich hielt Jugendstunden ab, organisierte Spielabende und vieles mehr. Als Gegenleistung dafür bekam ich dreißig Mark und musste keine Miete und andere Nebenkosten bezahlen.

Jahre später, als man den Mittelteil des Gemeindehauses ausbaute, kam es zu einem beinahe schicksalsträchtigen Ereignis. Meist nutzte ich die Nachtzeit, wenn es ruhiger geworden war und sich niemand mehr im Gemeindehaus aufhielt, um im Jugendraum zu lernen. Der befand sich im Obergeschoss des Gebäudes und war nachts aufgrund der Umbauarbeiten nur über ein Gerüst zu erreichen. Da man nach 23. Uhr nicht mit einem Besucher rechnen konnte, war es für mich besonders erschreckend, wenn ich im Haus etwas Ungewöhnliches hörte. Einmal vernahm ich nach Mitternacht im Flur merkwürdige Geräusche, die mich erschreckten. Vorsorglich hatte ich mir für solche Fälle als Waffe einen Knüppel zurechtgelegt. Einmal hörte ich tatsächlich, wie die Tür zum Jugendraum geöffnet wurde und ich wollte schon zuschlagen, als ich die Stimme meines Pastors erkannte, der rote Farbe suchte, die er für eine Bastelarbeit für seinen Sohn benötigte. Zum Glück schlug ich nicht zu.

Inzwischen hatte man mich längst in die Gemeinde integriert, denn ich wurde Mädchen für alles, überall wo jemand gebraucht wurde, war ich zur Stelle.

Als der Hausmeister eines Tages plötzlich ins Krankenhaus musste, wurde ich darum gebeten, das fünfgeschossige Wohnhaus mit den großen Räumen, der Kirche und dem Gemeindehaus zu beheizen. Das war alles andere als einfach, da damals alles von einem zentralen Ofen versorgt wurde. In diesen Wochen habe ich täglich zweimal mehr als zwei Zentner Koks geschippt.

Mit der Jugendgruppe halfen wir in allen Belangen und trugen viel zum Aufbau der Gemeinde bei. Eine amüsante, aber auch äußerst kuriose Geschichte spielte sich ab, als im oberen Bereich der großen Kirche Elektrokabel über dem Dachboden von einer Seite auf die andere verlegt werden mussten. Niemand konnte aber etwas über die Stabilität dieser Decke sagen. Daher schätzte man auch das Risiko, den Elektriker da rüber zu schicken, als äußerst hoch ein. Als besondere Fügung erwies es sich, dass der Pastor der Kirche einen Dackel besaß, dessen leichtes Körpergewicht man sich zunutze machte. Und so ergab sich Idee, dem Hund ein Ende des Kabels um den Hals zu wickeln und ihn auf der anderen Seite der Decke mit einer Wurst zu locken. Tatsächlich funktionierte diese Methode und der Vierbeiner erreichte mitsamt des Kabels unbeschadet die andere Seite.

Selbst ich lebte in Ausübung meiner handwerklichen Tätigkeiten manchmal äußerst gefährlich. Während der Dacharbeiten an der Kirche legten die Handwerker eine Dachrinne kurzerhand in eine andere Richtung, so dass das abfließende Wasser in die obersten Räumen des Rohbaus floss. Als ich mich gerade waschen wollte, hörte ich das Rauschen des Regenwassers und das ausgerechnet an einem Sonntag zur Gottesdienstzeit. Ohne zu zögern rief ich den Hausmeister und erklärte ihm die Situation. Unverzüglich kletterten wir auf das Dach, das nach einem Eisregen spiegelglatt war und unsere Bemühungen zu einem lebensgefährlichen Balanceakt werden ließen.

Sehr beliebt war bei allen Jugendgruppen das jährliche Zeltlager im Glienicker Park. Hier hatten wir viele Freiheiten, zündeten Lagerfeuer an, strolchten herum und machten Geländespiele.

Direkt neben unseren Zelten floss die Havel, die Flussmitte war die Grenze zur DDR und dieses Gebiet wurde von der Volkspolizei dementsprechend besonders scharf bewacht. Wir machten uns aus dieser ständig gegenwärtigen Situation einen Spaß und schickten mit unseren Taschenlampen mittels eines Morsealphabets Nachrichten auf die andere Seite, die dadurch sehr beunruhigt war und mit Leuchtkugeln den Erfolg unserer Aktion bestätigte.

Besonders kurios gestaltete sich das Verhalten der Grenzer an der Havel, als ein Mädchen aus einem DDR-Kinderheim geflüchtet war und zu unserem Ufer auf der westlichen Seite schwamm. Es war klar, dass das Kind auf jeden Fall wieder zurück musste. Dies geschah in dem man mit einem Westboot bis zur Mitte des Flusses fuhr und dort das Mädchen ins Wasser warf und von der Besatzung des Ostbootes wieder aufgenommen wurde.

Eines der eindrucksvollsten Ereignisse der Nachkriegszeit war der Besuch des amerikanischen Präsidenten. Alle Berliner waren auf den Beinen, um Kennedy einmal in ihrem Leben mit eigenen Augen zu sehen. Auch ich erlebte dieses Ereignis vor dem Schöneberger Rathaus.

Um uns etwas Geld zu verdienen, taten wir alles, was wir konnten. Acht Wochen arbeitete ich deshalb in einem Kinderheim in einem größeren Dorf am Bodensee. Hier waren über 40 Jungen aus unterschiedlichsten Gründen untergebracht: Erziehungsschwierigkeiten, kriminelle Neigungen, Waisen und auch Kinder aus asozialem Milieu, letztendlich Kinder, für die man viel Verständnis und Geduld aufbringen musste. Der Heimvater war dieser schweren Aufgabe meist nicht gewachsen, denn oft entstand der Eindruck, dass er seine Aufgabe mit anderen Augen sah und meinte, sie mit Strenge und Schlägen bewältigen zu können. Außer mir waren als Erzieher noch ein Theologiestudent und eine Lehrerin zuständig. Wir verstanden uns untereinander sehr gut und lehnten diese Art des Umgangs mit den Kindern entschieden ab. Spielsachen bekamen sie zwar oft geschenkt, aber damit spielen durften sie nicht, weil der Herbergsvater alles wegschloss, damit nichts kaputt gehen konnte.

Wir drei Erzieher haben deshalb umso mehr versucht, die Kinder zu beschäftigen und zu geben, was sie sicher schmerzlich vermissten.

Als einmal ein Jubiläum des Kinderheims anstand, bei dem sich Kirchenräte und andere honorige Leute ankündigten, gab es für uns neue Probleme, als wir erfuhren, dass ausgerechnet die Kinder, um die es hier eigentlich ging, von dem Fest ausgeschlossen wurden. Es war geplant, dass sie sich gute Kleidung anziehen, zur Kirche gehen und zurückkommen sollten. Statt am Jubiläumsfest teilzunehmen, schickte man sie deshalb mit uns drei Erziehern in den Wald.

Mit dieser Entscheidung waren wir drei nicht einverstanden, konnten uns aber auch nicht gegen den Herbergsvater stellen und so zogen wir von einem Kaufladen zum anderen, bettelten um Spielzeug für die Kinder und waren am Ende im Besitz von vielen kleinen Geschenken, die wir verteilten.

Heimlich packten wir die ältesten Klamotten ein, die wir fanden und gingen mit diesem Gepäck brav mit den Kindern in den Wald. Dort angekommen zogen sich alle um, damit sie nach Herzenslust toben und spielen konnten. Für die Kinder wurde es somit ein ausgelassener und fröhlicher Tag, der allen Spaß und Freude bereitete. Anschließend verteilten wir die Geschenke, traten den Heimweg an und kamen mit den nicht benutzten, sauberen Kleidungsstücken zurück ins Heim.

An einem meiner letzten Tagen kaufte ich den Jungs von meinem zusammengesparten Geld einen Fußball, weil sie aus den oben genannten Gründen keinen benutzen durften. Zum Abschied gab ich dem Hausvater den Ball und wies ihn darauf hin, dass er ihn den Kindern unbedingt geben und nicht wieder vorenthalten dürfe. Sonst würde ich ihn wegen Diebstahls anzeigen.

Obwohl ich erst sechsundzwanzig Jahre alt war, wurde ich einige Zeit später in den Kirchenvorstand gewählt. Dies war recht ungewöhnlich, da man damals erst im Alter von dreißig Jahren dafür zugelassen wurde. Vom Landeskirchenamt bekam ich eine besondere Genehmigung, die es mir erlaubte, trotz meines jungen Alters Ältester im Kirchenvorstand zu werden. Oft machte ich mich in dieser Funktion sehr unbeliebt, weil ich meist auch das sagte, was ich dachte. Fast überwiegend bestand der Vorstand aus älteren Herren, die gehorsam nickten, wenn eine Entscheidung getroffen wurde.

In einem einzigen Fall zeigte allerdings mein Widerspruch durchaus positive Wirkung, worauf ich auch stolz war. Es ging dabei um die Gestaltung von neuen bunten Kirchenfenstern, für die ein der Kirche nahestehender Künstler schon vorher einen Entwurf gemacht hatte, den man aber völlig überging. Damit war ich nicht einverstanden und habe meinen Unmut darüber geäußert, dass nicht noch weitere Künstler dazu befragt worden sind.

Dem wurde stattgegeben und mein Einwand führte schließlich dazu, dass andere Mitglieder des Vorstandes zu der Einsicht gelangten, dass ein entsprechender Wettbewerb ausgeschrieben wurde. Sechs Architekten beteiligten sich dann. Jeder Einzelne von ihnen bekam nun die Möglichkeit, seinen Entwurf mit allen Einzelheiten wie Material, Pläne und Kosten vorzustellen, was sich als überaus interessant und lehrreich herausstelle.

Immer wieder sammelte ich neue Erfahrungen als Kirchenältester. Ein sinnbildliches Beispiel war auch, als es um die Bestuhlung des großen Saales ging. Wir Vorstandsmitglieder sollten das passende Stuhlmodell aussuchen. Mit Unterstützung eines Innenarchitekten bekamen wir deshalb sechs Stühle hingestellt, auf denen wir reihum nacheinander probesaßen. Gerade war die Entscheidung über einen Stuhl einstimmig gefallen, da meinte der Architekt, dass ausgerechnet diese Sitzmöbel seiner Ansicht nach völlig ungeeignet wäre. Nachdem dieser Stuhl an die Seite gestellt worden war, ging die Prozedur von neuem los. Wieder liefen wir im Kreis um die Stühle, setzten uns nacheinander auf jeden von ihnen und kamen nach ewigem Hin und Her zu einer neuen Entscheidung. Am Ende zog sich die Sitzung bis nachts um zwei hin. Zum Schluss wurde ein völlig anderer Stuhl bestellt.

Für mich war die Tätigkeit irgendwann nicht mehr befriedigend, zumal ich viele der getroffenen Entscheidungen keineswegs nachvollziehen konnte. Nicht zuletzt aus diesem Grund legte ich großen Wert darauf, dass man im Protokoll nicht von einstimmig sprach, sondern auch protokollierte, dass diese oder jene Entscheidung mit einer Gegenstimme, nämlich meiner, getroffen wurde. Nach etwa sechs Jahren hatte ich von der Arbeit im Kirchenvorstand schließlich genug und hörte auf damit.

Zu allem Überfluss verfügten wir im Jugendheim auch noch über Rendanten, der in seinen Ansichten außerordentlich kleinlich war, was noch als harmlose Formulierung bezeichnet werden konnte. An jedem Samstagnachmittag konnten die Kinder zwischen drei und sechs Uhr im Jugendheim spielen. Es verstand sich von selbst, dass bei zwanzig bis dreißig Jungen auch mal einige dabei waren, die in diesem Zeitraum auf Toilette mussten und selbstverständlich auch Klopapier benötigten. Selbst dies war dem strengen Kassenprüfer ein Dorn im Auge. „Ob die Kinder denn ausgerechnet während des Spielens auf das Klo gehen müssten" war dann auch die Frage, die er sich und uns irgendwann stellte.

Auch diese sehr suspekte Art menschlichen Charakters beantwortete ich keineswegs mit Aggression, sondern vielmehr mit einem diplomatischen Schachzug, der imstande war, ihn mit seinen eigenen Grenzen auseinander setzten zu lassen. Um für eine Kollekte des Gottesdienstes zu sammeln, ging üblicherweise ein Klingelbeutel durch die Reihen der Gemeindeglieder. Für das Sammeln der Geldspenden war ich eingeteilt und legte in den eine Goldmünze hinein, einen von jenen Schokoladentalern, die mit goldfarbenem Stanniolpapier ummantelt und im Grunde völlig wertlos waren. Das brachte dem Prüfer ein großes Problem, denn er war sich nicht sicher, ob er diese Münze aufführen musste oder nicht, denn als Kirchenältester hatte ich auch die Aufgabe, die Einnahme gegenzuzeichnen. Wir ließen den "Goldtaler" dann einfach auf dem Tisch liegen.

## *Kapitel 12*
### *Die Zeit mit der Jungschar*

Meine Hauptaufgabe in der Gemeinde war die Jugendarbeit, deshalb forderte ich Jungen auf, sich einer Jungschar anzuschließen und es kamen in kurzer Zeit erstaunlich viele. sodass ich bald schon dreißig bis vierzig Jungen zählen konnte, die sich einmal wöchentlich trafen. Im Gemeindehaus wurde uns später dafür eine ganze Etage zur Verfügung gestellt, wo wir unsere Jugendräume selbst einrichten konnten. Bald entwickelte sich eine feste Gemeinschaft.

Der Berliner Senat stellte uns damals kostenlos Autobusse zur Verfügung, damit wir die Möglichkeit hatten, kostengünstig aus Berlin herauszukommen. Jetzt konnten wir regelmäßig größere Fahrten über mehrere Tage durchführen.

Die erste Unternehmung brachte uns nach Wiehl ins Bergische Land, wo wir in einer Schule mit Kochgelegenheit Unterkunft fanden. Für das Kochen hatten sich mitgereiste Schwestern der Jungen bereit erklärt.

Innerhalb der zwei Wochen unseres Aufenthaltes ergab sich bald ein sehr guter Kontakt zu den Dorfbewohnern. Fast täglich kam es vor, dass wir nach einer Wanderung am Vormittag unerwartet ein paar Köpfe Salat oder andere Lebensmittel auf dem Küchentisch vorfanden.

Da es uns ein Bedürfnis war, unseren Dank für die liebevolle Aufnahme auszudrücken, bereiteten wir an einem Abend einen Lagerzirkus vor, Kurtchen, ein Junge aus dem Ort, hatte sich mit uns angefreundet und besorgte vom Baugeschäft seines Vaters Holzklötze, Bretter und eine große Lampe. Wir bauten daraus einfache Sitzgelegenheiten und hatten sogar eine Beleuchtung für den Abend. Unsere Einladung hatte sich bald herumgesprochen und so fanden sich am Abend ca. 100 Zuschauer ein. Einige Nummern unseres Programms kannten wir aus Zeltlagern in Berlin, wie z.B. den Elefanten „Jumbo", den wir mit Hilfe einer Gitarrenhülle bastelten. „Jumbo" war ein Multitalent, denn er konnte auf Aufforderung tanzen, trompeten, rechnen und sogar über einen Menschen steigen ohne ihn zu verletzen. Als er das beweisen sollte und gerade mitten über der Person stand, verrichtete er sehr zur Erheiterung der Zuschauer sein „Geschäft", das das „Hinterteil" heimlich in einer Wasserspritze und ein paar Apfelsinen versteckt hatte. Zwischen den einzelnen Darbietungen sangen wir Fahrtenlieder.

In den folgenden Jahren führten uns andere Ausflüge ins Fichtelgebirge, nach Schleswig-Holstein, Helgoland, Hamburg und zu vielen anderen Zielen.

Zuweilen machten wir auch schlechte Erfahrungen: In der Jugendherberge auf dem Stintfang in Hamburg empfing uns ein äußerst unfreundlicher Herbergsvater, der seine Herberge Punkt zehn Uhr geräumt haben wollte. Deshalb ging ich kurz vorher noch einmal zu unserem Zimmer, um mich zu vergewissern , dass auch alle Jungen draußen waren und kam zwei Minuten zu spät zum Ausgang. Der Herbergsvater wollte mich dort erst herauslassen, wenn ich bei der Säuberung des Hauses geholfen hätte. Erst nachdem ich ihn auf die ausgesperrten Jungen hinwies und ihm die Verantwortung dafür übertrug, ließ er mich raus.

Leider gab es bei der Rückkehr von einem Ausflug nach Helgoland wieder Probleme, denn unser Schiff kam erst nach 22.00 Uhr zurück und wir wurden zwar eingelassen, aber der Herbergsvater machte kein Licht im Haus, sodass uns nichts anderes übrigblieb, als im Dunklen angezogen ins Bett zu gehen.

Einen anderen Herbergsvater konnten wir später in Malente kennenlernen. Da dort nicht alle Jungen im Haus untergebracht werden konnten, waren Zelte rund um das Gebäude aufgebaut. Als wir am ersten Tage von einer größeren Wanderung zurückkamen, erwartete uns schon der Herbergsvater mit scheinbar bösem Blick - wir wir ahnten nichts Gutes, jedoch deutete er auf unser Zelt und sagte lachend: „So verlasst Ihr euer Zelt?" Dabei klopfte er mir auf die Schulter und erklärte mit großer Freude, dass unsere Ordnung vorbildlich sei und er es anderen Gruppen als Musterbeispiel gezeigt hätte. In der Folgezeit wurden uns alle Sonderwünsche erfüllt, wir bekamen sogar einen eigenen Aufenthaltsraum und waren später noch oft in dieser Herberge.

Ein besonderes Ereignis von weitreichender Bedeutung spielte sich am Morgen des 13. August 1961 ab. Der Herbergsvater weckte mich morgens zeitig und berichtete, dass man dabei sei, quer durch Berlin eine Mauer zu errichten, aber ich sollte nicht beunruhigt sein, denn er wisse die Jungen in guten Händen. Uns befiel trotzdem eine große Ungewissheit.

Eine andere Fahrt brachte uns nach Oberwildflecken in der Rhön, wohin uns der CVJM aus Wilhelmshaven eingeladen hatte. Der Lagerleiter war Pfarrer, Senator, Vorsitzender des CVJM und Oberst, dazu ein großer Patriot. Der Tag begann deshalb mit einem Appell und dem Hissen der Fahne, dann folgte das Vaterunser und danach die Nationalhymne. Der Tag endete schließlich mit einer Übertragung des „Großen

Zapfenstreichs" und dem damit verbundenen Befehl „Helm ab zum Gebet!".

Dem Pastor gehörte auch ein Dackel, der mit ihm und seiner Frau in einem Wohnwagen hauste. Eines Morgens wurde ich vom lauten Rufen des Pastors geweckt, der im Schlafanzug durch die Botanik sprang und seine Dackeldame rief, die Gefallen an einem räudigen Dorfköter gefunden hatte und auch bekam, was sie wollte. Am nächsten Tag musste der Pastor mit ihr zum Tierarzt fahren, warum wohl?

Inzwischen hatte sich der Sommer zu einem der trockensten der letzten Jahre entwickelt, was dazu führte, dass die Quelle versiegte, die das Lager mit Wasser versorgte, deshalb musste eine andere, hygienisch nicht ganz einwandfreie, angestochen werden. Dieses Wasser durfte jedoch nur abgekocht getrunken werden. Wie sollte das bei ca. 200 durstigen Kindern funktionieren? Die Folge war der Ausbruch einer Darminfektion aller Lagerteilnehmer. Auch der Pastor, der kurz vorher noch „mehr Haltung" gefordert hatte, blieb nicht verschont und rief mich am späten Abend dringend zu sich und es ging ihm so schlecht, dass er meinte, nicht leben oder sterben zu können. Zum Glück ging es schon am nächsten Tag allen wieder besser.

Eine der schönsten Fahrten erlebte ich in die Bergwelt von Reit im Winkl. Unser Ziel war eine Almhütte in 1.300m Höhe. Wir machten uns nach gründlicher Vorbereitung in Berlin mit zwölf Jugendlichen und drei Erwachsenen auf den Weg in die Alpen. Neben mir gehörte ein ausgebildeter Skilehrer und ein angehender Diplomingenieur zur Reisegruppe. Die Anreise musste nachts geschehen, denn unsere Hütte lag abgeschieden von jeglicher Zivilisation an einem Hang und die mussten wir am Tag erreichen. Unser

Gepäck brachten wir zunächst zu einem Berggasthof, von da aus ging es dann für viele zum ersten Mal in den Tiefschnee. Bei Temperaturen von minus 20 Grad und ein bis zwei Metern Schneehöhe war das recht schwierig. Die Hütte war völlig ausgekühlt und wir mussten zunächst den Ölofen in Gang bringen. Da wir zwölf Tage blieben und auch zwölf Jugendliche dabei waren, musste jeder an einem Tag das Kochen übernehmen. Die Auswahl der Gerichte bestimmten die Jungen, die sich darauf vorbereitet hatten und ich muss sagen, dass ich selten so gut gegessen habe wie auf der Hütte.

Den Weg ins Tal für Besorgungen konnten wir mit dem Schlitten erledigen, der vom Berggasthof an Besucher ausgeliehen wurde. Die Wege in den Ort waren steil und vereist bei einem Höhenunterschied von ca. 500 Metern, sodass die Fahrt mit dem Schlitten nicht einfach war.
Der Silvesterabend in den Bergen war wieder ein besonderes Erlebnis. Am Nachmittag gab es erst einmal für jeden eine Schüssel warmes Wasser, sodass sich alle einmal gründlich waschen konnten. Als Abendbrot hatten wir dann ein Fondue vorbereitet und halb zwölf ging es auf Skiern nach draußen und in die sternklare Nacht, wo wir die Jahreswende vor einem Tannenbaum, der mit brennenden Kerzen bestückt war, mit einer kleinen Andacht feierten. Zurück in der Hütte erwartete ins schließlich eine Feuerzangenbowle.

Unser „Kühlschrank" befand sich im benachbarten Stall, in dem im Sommer die Kühe standen. Es konnte natürlich auch passieren, dass den auch andere nutzten: Wildtiere wie z.B. Wiesel und Bergmäuse. Von einer anderen Gruppe wurde berichtet, dass sie einmal gerade beobachtet hatte, wie ein Wiesel mit der letzten Bratwurst in der Schnauze flüchtete.

An einen Tag, an dem wir alle hätten erfrieren können, denke ich mit großem Schrecken zurück. Wir wollten bei strahlendem Sonnenschein zum Fellhorn aufsteigen, als es plötzlich trübe wurde. Vorsichtshalber erkundigte ich mich beim Wirt einer am Fuße des Berges gelegenen Alpenvereinshütte, ob wir den Anstieg ohne Gefahr wagen könnten, aber er hatte keine Bedenken. Bekanntlicherweise kann im Hochgebirge das Wetter auch unerwartet plötzlich umschlagen und das war auch an diesem Tage der Fall. Deshalb standen wir plötzlich im dichten Nebel, der auch keine Unebenheiten im Schnee erkennen ließ. Es war inzwischen drei Uhr nachmittags und wir hatten völlig die Orientierung verloren. Zum Glück kamen wir zu einer kleinen Schutzhütte, an der sich ein Wegweiser befand und wir stellten mit großer Erleichterung fest, dass wir nur ca. 50m an unserem Ausgangspunkt vorbeigelaufen waren. Die Abfahrt zu unserer Skihütte war dann kein Problem mehr.

Auf der Rückfahrt nach Berlin hatten wir, ohne es zu wissen, einen blinden Passagier an Bord, den auch die Volkspolizei nicht entdeckt hatte. Im Rucksack eines Jungen hatte sich unsere „Hüttenmaus" versteckt, die ausgerechnet der Mutter beim Auspacken vor die Füße sprang, der Junge aber hatte in der Folgezeit seinen Spitznamen weg: „Mäusejürgen".

Im Alter von über 20 Jahren unternahmen wir gemeinsam noch viel, besonders auf kulturellem Gebiet, wir luden einen Schriftsteller zu einer Dichterlesung ein und besuchten u.a. ein bekanntes Kellertheater, wo überwiegend zeitgenössische Stücke gespielt wurden. Der Intendant mischte sich gern nach der Vorstellung unter die Besucher, um deren Meinung zu hören und schließlich forderte er uns auf, ihm in einen Nebenraum zu folgen, um mit ihm zu diskutieren und das wurde so interessant, dass wir bis nach Mitternacht blieben.

Die hervorragende Gemeinschaft unter uns blieb bis heute erhalten.

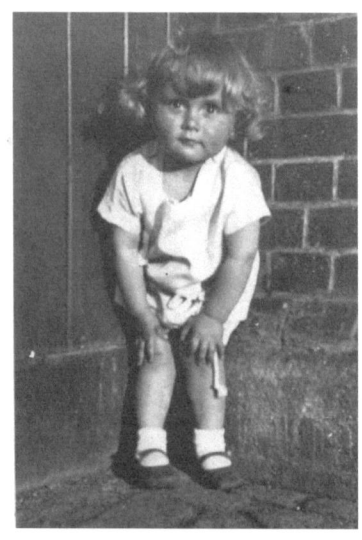

Drei Jahre alt

Schulanfang

*Kinderzeichnungen, ca. 1940*

*Erste Jahre in der HJ*

*Einberufungsbefehl zur Hitlerjugend*

*Auf der großen Bühne (1944)*

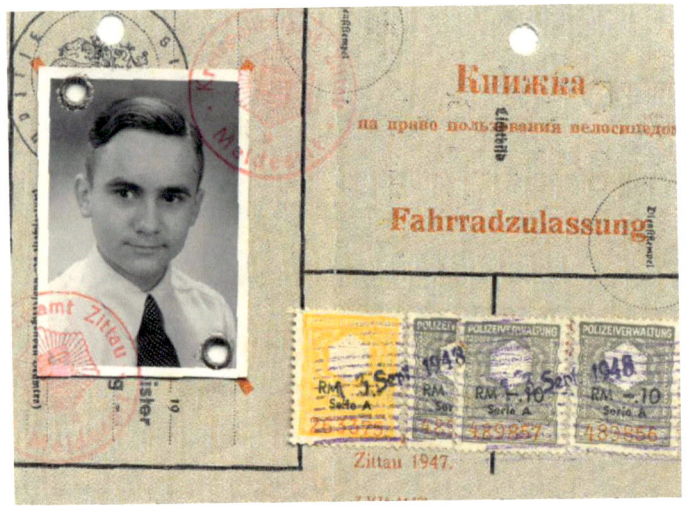

*Fahrradzulassung (1947)*

*Jungschar in Berlin*

*Kind im Koffer*

*Meine Eltern und meine Schwester sowie meine Mutter mit meinem jüngeren Bruder (rechts oben)*

*Die ersten Jungen im Knabenchor*

*Treffen des Chores im Jahre 2013*

*In der Praxis und als Leierkastenmann*

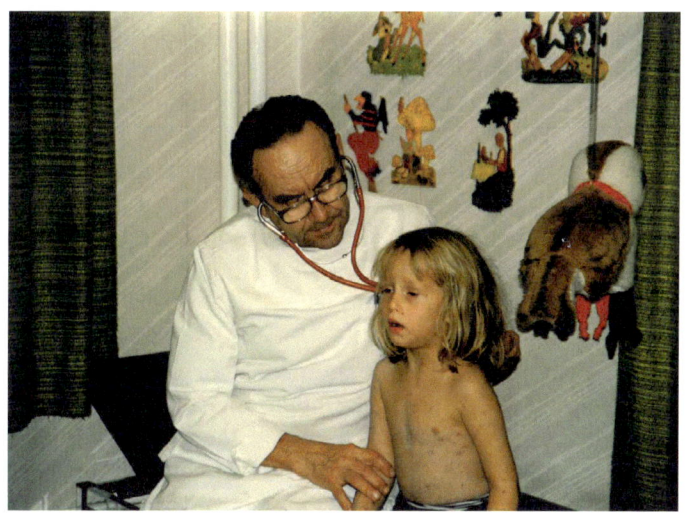

***Kapitel 13***
*1960*
*Assistentenzeit*

Nach der Approbation und Promotion stand nun die Facharztausbildung bevor. Ich fand dafür in der Universitätskinderklinik im Kaiserin-Auguste-Viktoria Haus sehr gute Bedingungen. Mit Professor Loeschke hatte ich einen ausgezeichneten Chef, der nicht nur wissenschaftlich, sondern auch menschlich allem entsprach, was ich mir einmal erhofft hatte. Zum Beispiel schufen die jährlichen Einladungen bei ihm zur Gartenparty ein außerordentlich gutes Arbeitsklima, das sich auch auf die ganze Klinik übertrug.

Bei der Organisation des Internationalen Kinderärztekongresses 1966, den alle Assistenten monatelang vorher mit vorbereiteten, bekam jeder seine Aufgaben. Unter anderem musste ich für den Begegnungsabend am ersten Tag als typisches Berliner Original als Leierkastenmann auftreten und das im Europacenter inmitten der Stadt. Nachdem ich mir die dazu notwendige Verkleidung, Leierkasten usw. besorgt hatte, bat ich einen Oberarzt für mich als „Man in Black" unbeobachtet bereit zu stehen, denn ich musste damit rechnen, dass mich unter Umständen andere „Kollegen", in deren Gebiet ich eingedrungen war, verprügelten.

Danach machte ich mich noch einmal unbeliebt: Um auch den kranken Kindern eine Freude zu machen, ging ich mit dem Leierkasten über die Krankenstationen. Als ich auch am Wirtschaftstrakt vorbeizog, regnete es plötzlich aus allen Fenstern der Bediensteten Münzen. Als sie später erfuhren, dass ich kein echter Leierkastenmann, sondern ein Arzt war, wurden sie alle sehr böse und ich konnte mich danach dort nicht mehr sehen lassen.

Meine spezielle Aufgabe in der Klinik waren Tierversuche mit Ratten, die an einer seltenen Stoffwechselstörung litten und dafür extra aus den U.S.A eingeflogen werden mussten.

Zur der sehr guten und vor allem praxisorientierten Ausbildung gehörte auch eine längere Tätigkeit in der Poliklinik, in der vor allem unklare Krankheitsbilder vorgestellt wurden. An einen Fall erinnere ich mich da besonders: Ein Junge war von der Mutter gebracht worden, der regelmäßig nach dem Wasserlassen die Hose nass hatte. Dafür fand niemand eine Erklärung und deshalb unterzogen wir ihn allen nur denkbaren und speziellen Untersuchungen, aber es ergab sich keinerlei krankhafter Befund. Das ließ mir keine Ruhe und ich ließ es mir schließlich vorführen. Dabei stellte sich heraus, dass der Reißverschluss der Hose des Jungen viel zu hoch angesetzt war und nur bis etwa der Höhe des Nabels reichte. Das erklärte alles. Ich riet der Mutter lediglich, dem Jungen eine neue Hose zu kaufen und damit war der Fall geklärt.

Eine andere Begebenheit ist mir heute noch vor Augen. Ich hatte Dienst in der Aufnahmestation, als ein Vater mit einem Koffer in der Hand um Hilfe bat. Als er den Koffer öffnete, lag darin ein kleines Kind, das der Vater aus der DDR über die Grenze geschmuggelt hatte. Nach ca. drei Monaten brachte er in einem größeren Koffer sogar seine Frau über die Grenze. Über diesen Fall wurde später in allen Medien berichtet.

Inzwischen waren die Besuchsbedingungen seitens der DDR ein wenig gelockert worden, das betraf aber nur Rentner oder nahe Verwandte aus der DDR. Es war jetzt immerhin möglich, dass mich meine Eltern, nicht aber meine Geschwister, unter besonderen Bedingungen und mit erheblichem bürokratischen Aufwand besuchen durften. Auf diese Weise konnte ich wenigstens meine Angehörigen ein paarmal wiedersehen. Mit einer besonderen Genehmigung war auch der Besuch meiner Geschwister in der DDR möglich. Der Telefonverkehr war nach wie vor schwierig, man musste lange vorher beim „Fräulein vom Amt" anmelden und wir wussten, dass jedes Gespräch von der Stasi abgehört wurde. Auch Pakete in die DDR konnten wir nur einmal im Monat schicken. Grenzkontrollen waren noch immer zum Teil menschenunwürdig. Ein Besuch anlässlich der Hochzeit meines Bruders oder zur Beerdigung meines Vaters wurde abgelehnt.

Westberlin sah inzwischen anderen unruhigen Zeiten entgegen. Die terroristische Organisation der Bader-Meinhoff-Gruppe, die RAF, beunruhigte die Menschen in zunehmendem Maße mit Anschlägen, Geiselnahmen, Entführungen und Morden täglich. Ich selbst wurde eines Abends durch eine gewaltige Detonation in meiner unmittelbaren Nachbarschaft erschreckt. Es stellte sich später heraus, dass die Explosion in einer Mietwohnung passiert war, in der man heimlich Sprengsätze bastelte. Wesentlichen Einfluss auf diese Bewegung hatte unter anderem auch die APO, die Außerparlamentarische Opposition, um den Studenten Rudi Dutschke, deren Ziel die Aufhebung vieler Gesetze und Regeln war. Kindergärten waren altmodisch. Die Kinder sammelten sich in sogenannten Kinderläden, in denen es keinerlei Vorschriften gab.

## *Kapitel 14*
*Das Diabetikerlager*

Als ich noch in der Kinderklinik arbeitete, trat eines Tages mein Chef an mich heran mit der Frage, ob ich Lust hätte in den Sommerferien für sechs Wochen ein Diabetikerlager zu leiten. Solche Diabetikerlager wurden in ganz Deutschland durchgeführt. Man fasste darin zuckerkranke Kinder aller Altersgruppen zusammen. Ziel ist dabei den Jungen unbeschwerte Ferien zu ermöglichen, zum a9nderen sollen sie aber auch in Bezug auf ihren Stoffwechsel gründlich überwacht und mit Insulin entsprechend eingestellt werden, weil gerade Kinder sehr starken Blutzuckerschwankungen unterliegen. Deshalb ist es günstig, wenn man die Betroffenen rund um die Uhr beobachten kann. In Groß Denkte, einem Dorf in der Nähe von Wolfenbüttel, fand das Diabetikerwerk dafür optimale Bedingungen. Das ausgewählte „Falkenheim" liegt am Ortsrand und grenzt an einen großen Wald und in der Umgebung gibt es viel Auslaufmöglichkeiten für die Kinder. Um mich mit den Möglichkeiten bekannt zu machen, fuhr ich deshalb schon zwei Tage vor Beginn des Ferienlagers dorthin. Das mir zugesagte Personal waren zwei Ärzte, zwei Laborantinnen und eine Diätassistentin, ich fand jedoch nur die Diätassistentin vor, die mit der Herbergsmutter die Verpflegung der Kinder, nämlich sechs Mahlzeiten am Tag, und die zu besorgenden Lebensmittel besprach, außerdem war eine Kiste mit Laborgeräten, die aber für unsere Verhältnisse völlig ungeeignet waren, angekommen. Auf die mir zugesagten Helfer wartete ich jedoch vergeblich, aber am nächsten Tag kamen zwei Studenten und die Unterlagen für die Kinder. Eine Rückfrage beim Diabetikerwerk in Frankfurt ergab lediglich, dass wir uns mit dem Krankenhaus in Wolfenbüttel in Verbindung setzen sollten und sie bitten, uns eine Laborantin zur Verfügung zu stellen. Am nächsten Morgen um halb sieben Uhr standen zwei Laborantinnen vor der Tür, sahen sich alles an und besorgten sofort aus ihrem Labor alles, was noch fehlte.

In meinem Zimmer hatten wir inzwischen mit Hilfe meines Schlafsacks, mehrerer Decken, Bettlaken und einem Tisch eine Untersuchungsliege gebaut. Daneben stand mein Bett und ein kleiner Schreibtisch, sodass ich im Notfall jederzeit bereit sein konnte.

Einer meiner ehemaligen Klassenkameraden war bei der Firma Hoechst in Hannover tätig. Ich habe ihn sofort angerufen und um Hilfe gebeten und tatsächlich erschien er später mit einer großen Ladung Insulin aller Arten, die er uns kostenlos zur Verfügung stellte. Außerdem brachte er für die Jungen Kugelschreiber und einen Informationsfilm mit.

Einige Jungen wurden von den Eltern selbst gebracht, die natürlich viel über den Aufenthalt wissen wollten. Am Bahnhof standen schon die anderen Jungen, die wir selbst in Wendessen, drei Kilometer von Groß Denkte entfernt, abholen sollten. Außerdem erwarteten uns neun Jungen auf dem Flughafen Hannover, aber es standen uns nur zwei Autos zur Verfügung, das der Diätassistentin und meins.

Der erste Transport kam aus Norddeutschland, hier trafen wir Kinder aus Lübeck, Hamburg, Elmshorn usw. In meinem Auto saß zum Glück der gerade sieben Jahre alt gewordene Jens und mir fiel auf, dass er stark nach Aceton roch, einem Anzeichen für ein Koma und noch immer hatte ich keine ausreichende Laborausrüstung, keinen zweiten Arzt und keine Laborantinnen. Der zweite Transport war inzwischen unterwegs und hier kamen die Kinder weitgehend aus Köln oder aus Berlin. Wir mussten also schnell wieder nach Wendessen fahren und sie in Empfang nehmen. Eine begleitende Schwester hatte sich indes mit einem Jungen aus Berlin angelegt, mit dem sie sich in den Haaren hatte. Ich musste die beiden erst einmal trennen, indem ich den Jungen in mein Auto steckte, dann die Dame beruhigte und schließlich ins Heim fuhr. Dort war inzwischen die Diätassistentin im Gange und fütterte Jens mit Laevulose, um zunächst etwas Sinnvolles zu tun. Als wir schließlich auch den dritten Transport an der Bahn abgeholt hatten und ins Heim zurückkamen, herrschte dort großes Chaos, denn noch wusste keiner, wo er schlafen sollte, andere hatten Hunger und außer zwei pädagogischen Betreuern, die inzwischen angekommen waren, hatten wir noch keine Hilfe. Deshalb rief ich beim Diabetikersozialwerk an und beschwerte mich und das hatte offenbar geholfen, denn am nächsten Morgen um sechs Uhr hörte ich, wie an der Haustür geklopft und um Einlass gebeten wurde. Es stellte sich heraus, dass es einer der zugesagten Ärzte war, den man noch in der Nacht in Bonn losgeschickt hatte. Das war Dr. Erdmann und er erwies sich später als außerordentlich große Hilfe, denn er hatte nicht nur von Diabetes Ahnung, sondern auch von der Betreuung von Kindern.

Inzwischen hatte sich auch der Berliner Senat beschwert, dass wir die Kinder nicht am Flugplatz abgeholt hätten und sie deshalb mit der Bahn fahren müssten. Nachdem wir mit viel Mühe und Geduld alles geregelt hatten, landeten alle unsere Jungen schließlich um 22:30 Uhr in ihren Betten und schliefen um 23:30 Uhr.

Eine große Hilfe waren für uns die Herbergseltern, denn die Herbergsmutter war aufs Äußerste besorgt, dass keinem Kind aufgrund des Fehlens irgendwelcher Nahrungsmittel etwas passieren sollte und stellte uns sofort die gesamte Küche, Speisekammer usw. für eventuelle Notfälle bedingungslos zur Verfügung. Vater Hagemann, der Herbergsvater, ein gelernter Tischler, war auch immer bemüht den Kindern zu helfen, indem er Holzschwerter und anderes Spielzeug bastelte.

In der ersten Nacht mussten wir zwei Jungen trockenlegen und die Betten neu beziehen, denn es stellte sich heraus, dass der eine Bettnässer war und der lag ausgerechnet im oberen Stockbett. Davon wurde der untere auch völlig nass. Im Laufe der nächsten Tage merkten wir, dass er nicht der einzige war, sondern dass wir fünf Bettnässer unter den Kindern hatten.

Bei der ersten Untersuchung zu Anfang des Aufenthalts fing ein Junge plötzlich an bitterlich zu weinen. Ich fand dafür keinen Grund, aber er gestand mir, dass er auch Bettnässer wäre, sich aber dafür geschämt hätte, das zu sagen. Ich konnte ihn trösten.

Ein anderer Junge hatte einen Kalender mit, in dem er nasse und trockene Nächte eintrug. Das bemerkten andere Jungen und sie wollten auch so einen Kalender haben. Das bewirkte Wunder, denn nach wenigen Tagen hatte sich die Zahl der betroffenen Kinder auf ein bis zwei reduziert. Am Schluss waren alle trocken.

Nach ein paar Tagen war dann endlich unser Team vollständig, sowohl im ärztlichen wie auch im pädagogischen Bereich. Dabei zeigte sich allerdings, dass die Studenten von Diabetes keine Ahnung hatten und sich auch entsprechend verhielten, indem sie heimlich mit den Kindern ins Dorf gingen und ihnen Süßigkeiten kauften. Das gedankenlose Verhalten der Studenten führte dazu, dass zwei uneinsichtige nach zwei Tagen nach Hause geschickt werden mussten. Die nahmen dann auch noch ihre Freundinnen mit und so hatten wir vier Helfer weniger. Aber die restlichen waren sehr tüchtig, sodass wir auf die anderen ganz verzichten konnten.

Zu den alltäglichen Dingen gehörte auch die Überwachung des Spritzens von Insulin, was im Laufe der Zeit alle Jungen selbst lernen sollten. Dafür hatten wir extra drei Tische zur Beobachtung aufgebaut.

Um die Zuckerausscheidung zu messen, hatten wir für jeden Jungen einen Plastikmessbecher mit deren Namen aufgestellt, in dem der Urin gesammelt werden musste. Zweimal täglich konnten wir so die Zuckerausscheidung bestimmen und die Diät und das Insulin für den nächsten Tag genau festlegen. Dafür saßen wir mit der Diätassistentin und dem Kollegen nachts oft bis zwei Uhr oder länger über den Laborwerten zusammen.

Dabei musste auch berücksichtigt werden, wie viel sich die Kinder am Tage körperlich bewegt hatten.

Nach ein paar Tagen stellte sich heraus, dass unter den Kindern drei waren, die überhaupt keinen Diabetes hatten und nur preisgünstig an einen Ferienaufenthalt kommen wollten. Das erschwerte unsere Situation sehr, denn wie sollten wir den anderen Diabetikern klarmachen, warum diese Jungen nun nicht mehr Insulin spritzen sollten?

Zu Beginn des ganzen Ferienaufenthaltes hatte ich, soweit es mir zeitlich möglich war, auch meine Aufwartungen bei den Honoratioren in Groß Denkte gemacht. Dabei war besonders der Besuch beim Bäcker wichtig, denn der besaß eine Eismaschine. Unsere Diätassistentin hatte dafür ein sehr gutes Rezept zur Eisherstellung für Diabetiker mitgebracht. Bei den Kindern gab es einen großen Jubel, als sie zwei- oder dreimal ein richtiges Speiseeis bekamen, denn es war in diesen Tagen sehr heiß.

Im Laufe der sechs Wochen kamen auch allerlei andere Interessenten. So besuchte uns einmal ein Privatdozent aus Hamburg von der dortigen Kinderklinik, um den Ablauf eines solchen Lagers zu studieren. Natürlich kamen auch Vertreter der Presse und immer wieder Eltern, die sich nach ihren Kindern erkundigten.

Eine besondere Begegnung ist mir noch heute gegenwärtig: Ein 80-jähriger Opa hatte Sorge um seinen Enkel und besuchte ihn. Er wohnte im benachbarten Dorf und kam jeden Tag zeitig trotz drückender Hitze zu Fuß nach Groß Denkte. In der Regel mussten wir erst den Opa mit Kreislaufmitteln behandeln, bevor er den Jungen aufsuchte. Er hatte es besonders gut gemeint und auch Süßigkeiten mitgebracht. Ich habe das schnell gemerkt und dem Opa erklärt, dass er damit dem Kind nicht helfen würde, sondern ihm schadete und zwar erheblich. Dabei habe ich allerdings auch etwas übertrieben. Der Opa war sehr einsichtig und betroffen. Am nächsten Morgen, ganz zeitig, klopfte es bei mir an der Tür und da stand der Opa, tränenüberströmt, denn er hatte Angst, dass er seinem Enkel geschadet haben könnte. Er hat sich dann sehr streng an die von mir gegebenen Anweisungen gehalten und war ein ganz lieber Opa.

Sehr willkommen war mir der Geschäftsführer des Diabetikersozialwerkes aus Frankfurt am Main, denn auf diese Leute war ich nun nicht sehr gut zu sprechen, weil sie mich von Anfang an im Stich gelassen hatten. Ich gab meiner Meinung darüber deutlich Ausdruck und zählte alle

Mängel auf und wies auf alle Gefahren hin, die gewesen wären und noch bestanden. Er war sehr kleinlaut und ich konnte neue Forderungen stellen, was ich und die Kinder noch brauchen würden. Alles wurde sofort notiert und uns umgehend zugeschickt. Damals hätte ich mehr fordern sollen.

Natürlich kam auch die Presse und brachte später einen Bericht in der Lokalzeitung.

Aber über einen Besuch habe ich mich ganz besonders gefreut: Und zwar hatte ich dem Chefarzt der Kinderklinik in Braunschweig, Prof. Oehme, vom Diabetikerlager berichtet und der meldete sich zu einem Besuch mit seinen Assistenten an. Ich erwartete etwa fünf Kollegen. Da es sehr heiß war, habe ich kalten Tee bereiten lassen, damit wir uns etwas erfrischen konnten. Es kamen aber nicht nur fünf, sondern mehr als 15. Da wurde der Tee knapp.

Der Tagesablauf war praktisch immer der gleiche, nämlich zur rechten Zeit Insulin spritzen, 30 Minuten später die erste Mahlzeit, bzw. sechs Mahlzeiten am Tag, dazwischen konnten die Kinder spielen, basteln, wandern oder andere Aktivitäten in der Umgebung betreiben. Zum Glück hatten die Jungen dafür genügend Auslauf. Am Sonntag gab es regelmäßig zum Abschluss der Woche ein großes Lagerfeuer. Trotzdem unternahmen wir natürlich auch Ausflüge in die Umgebung, das war etwas aufwändiger, denn an eine sinnvolle Verpflegung für unterwegs musste auch gedacht werden. Das heißt, es wurden für alle Jungen Brote nach den Anweisungen der Diätassistentin zurechtgemacht und mit Namen versehen.

In Anbetracht des großen Altersunterschiedes der Kinder und der Unfähigkeit der Helfer war es manchmal recht schwer, für alle eine passende Beschäftigung zu finden. Mein Kollege Erdmann fand bald eine sehr gute Lösung: Er organisierte im Dorf ein altes, klapperiges Motorrad aus einer Scheune oder einer wilden Müllkippe und schleppte es in unser Heim. Jetzt begann er mit den Jungen das Motorrad in lauter Einzelteile zu zerlegen, sie gründlich zu säubern und wieder zusammenzubauen, sodass es fahrbereit wurde. Das war für die meisten für viele Tage eine sehr interessante Beschäftigung und alle waren glücklich und staunten, als das Gefährt tatsächlich wieder funktionierte. Jetzt durfte jeder darauf herumfahren. Kaufen mussten wir dafür lediglich eine Zündkerze und einen Liter Benzin.

Ein sehr beliebtes Spiel war natürlich das Fußballspiel und wir forderten eine Mannschaft aus Groß Denkte auf, gegen unsere Jungen anzutreten. Das erste Spiel war weniger befriedigend, denn unsere Gegner brachten ihre größten und stärksten Jungen mit, dem konnten die kleinen Jungen nichts entgegensetzen. Wir veranstalteten dann ein zweites Spiel und ließen dabei in Groß Denkte eine etwa gleich starke Jungenmannschaft antreten. Das machte viel mehr Spaß. Wir hatten das auch im Dorf publik gemacht und so kamen viele Zuschauer. Unsere Jungen gewannen sogar 7:3, das Ergebnis war vielleicht zu hoch, aber Spaß hatten alle.

Einmal haben wir eine Autobusfahrt in den Harz unternommen und fuhren zunächst bis Bad Harzburg. Dort wurde gefrühstückt und es ergab sich das erste kleine Problem, nämlich rund um den Parkplatz standen Verkaufsbuden, die nicht nur Reiseandenken, sondern auch Süßigkeiten anboten. Diese Verlockung war für die Kinder sehr groß und da wir das sehr genau verfolgten, kauften sich alle Jungen Reiseandenken, vergaßen aber darüber das notwendige Frühstück.

Von Bad Harzburg wollten wir zur Okertalsperre fahren. Einer unserer Helfer sagte uns, er kenne diese Gegend sehr gut und würde uns führen. Mit dem Busfahrer, der unsere ganze Verpflegung im Bus hatte, hatten wir eine Stelle ausgemacht, wo wir uns zur nächsten Mahlzeit treffen wollten. Leider hatte sich unser ortskundiger Helfer geirrt und wir liefen etwa 30 Minuten durch den Wald, um dann festzustellen, dass wir uns verirrt hatten. Wie sollten wir jetzt so schnell an unsere Unterwegsverpflegung kommen? Aber auch da fanden wir eine Lösung! Wir gingen bis zur nächsten größeren Fahrstraße, dort hielt einer unserer Helfer einen PKW an, der ihn bis zum Bus brachte und der kam dann an die Stelle, an der wir warteten. Es ging glücklicherweise noch alles gut.

Eine zweite Tour führte uns nach Braunschweig und nach Helmstedt. In Braunschweig wurde nach Besichtigung der Stadt auf einem großen Platz das Mittagsbrot verteilt, und das in der Nähe eines Brunnens. Das fanden die Jungen sehr schön, sie besetzten nicht nur vollständig den Rand, sondern auch die Brunnenfiguren, schälten die mitgebrachten, gekochten Eier und hatten ihren Spaß daran, die Eierschalen in dem Brunnen zu versenken. Ich hatte große Angst, dass ein Ordnungshüter uns zurechtweisen würde. Zum Glück hat es keiner gemerkt und wir sind dann auch möglichst schnell weitergefahren.

In Helmstedt besuchten wir den Kontrollpunkt, machten eine kleine Wanderung im Lappwald und es war gut, dass ich diese Gegend ein wenig kannte, denn wir hatten uns verspätet. So konnte ich eine Abkürzung finden, sodass wir rechtzeitig zum Spritzen in Groß Denkte waren.

Inzwischen waren die Tage des Abschiedes immer näher gerückt und es waren nur noch wenige. Für die Jungen hatte ich für jeden ein kleines Büchlein zur Erinnerung gekauft, das bekamen sie zwei Tage vorher und dazu einen Kugelschreiber. Ich selbst ließ mir auch in einem Buch von allen ein Autogramm geben. Ich ahnte aber nicht, was jetzt passierte: Alle Jungen wollten in ihren Büchern auch eine Unterschrift haben und es blieb niemand verschont, alle verteilten sich dafür praktisch über das ganze Haus, sogar die Putzfrauen mussten ran und unterschreiben.

Jetzt kam der endgültige Abschied. Ein Teil der Kinder wurde von den Eltern abgeholt. Das war mir sehr lieb, denn ich konnte jedem noch einmal sagen, welche Diät er einzuhalten hatte und wie er sich sonst verhalten müsste. Der Rest fuhr mit der Bahn und wir brachten die Kinder wieder nach Wendessen.

Mir war selten ein Abschied so schwer gefallen wie dieses Mal, denn wenn man sechs Wochen lang mit so vielen Kindern beschäftigt ist und sich bemüht, etwas Gutes für ihre Gesundheit und ihr weiteres Leben zu tun, fühlt man sich mit ihnen auch persönlich ganz eng verbunden. Es blieb die Frage, wie wird es mit ihnen weitergehen? Wird der Junge weiter vernünftig leben oder schlägt er alles in den Wind? Wird er sich an die Regeln halten?

Für mich gab es nochmal eine Menge Arbeit im Falkenheim, denn das Abbauen des Lagers macht oft mehr Mühe als das Aufbauen. Die Kurzberichte für die entsprechenden Hausärzte hatte ich schon vorher geschrieben und den Jungen mitgegeben. Noch war das ganze Labor einzupacken, alles wieder ordentlich in Kisten. Die restlichen Medikamente mussten einer sinnvollen Verwendung zugeführt werden. Überall stapelten sich Papiere und Akten.

Am nächsten Tage reiste ich dann auch ab. Es ging auf der Autobahn nach Berlin nur mit dem einen Wunsch, gründlich zu schlafen. Als ich zu Hause ankam habe ich geduscht und dann geschlafen, geschlafen und geschlafen.

***Kapitel 15***
*1969*
*Erste Jahre in Helmstedt*

Helmstedt, eine ehemalige Universitäts- und Hansestadt mit knapp 30.000 Einwohnern, galt lange als ein wichtiger Grenzübergang zwischen beiden deutschen Staaten.

Erste Berührungspunkte zu meiner neuen Heimat gab es schon längere Zeit, denn hier praktizierte mein Onkel als Kinderarzt. Da er schon 72 Jahre alt war, suchte er einen Nachfolger und dabei dachte er an mich.

Die Unterschiede kultureller und gesellschaftlicher Art zur Großstadt waren sehr groß und daran musste ich mich lange gewöhnen.

Meine Praxis eröffnete ich im Mai 1969 in einem Neubau in der Henkestraße, ein Teil der Räume diente mir als Wohnung, der andere als Praxis und für beide musste ich die nötige Einrichtung besorgen.

Der erste Patient war das Kind eines „Landfahrers" aus der Gruppe der Sinti und Roma, der mich konsultierte, als ich noch mit dem Einrichten der Praxis beschäftigt war; bald aber war ich in der ganzen Stadt bekannt und das besonders bei Kindern. Einmal spürte ich das, als ich im Freibad war und es aus allen Richtungen „Onkel Doktor" rief.

Ein anderes Mal brachten zwei Polizeibeamte einen kleinen Jungen, der weggelaufen war und nicht mehr wusste, wo er wohnte, jedoch die Praxis erkannte. Wir konnten seine Eltern ermitteln und ihn nach Hause bringen.

Zur Behandlung kam einmal ein türkischer Vater mit seinem Kind, der mit den verschriebenen Medikamenten nicht zufrieden war und das Sprechzimmer mit den Worten „Scheißschweinedoktor" verließ. Als er später wiederkam, lehnte ich unter Hinweis darauf die Behandlung in seiner Gegenwart ab und fragte nach der Mutter, die vor der Tür warten musste. Die beiden Eltern verhandelten lange miteinander und schließlich kam die Mutter allein mit dem Kind und erhielt war erforderlich war.

Ein halbes Jahr nach Eröffnung der Praxis kam eine Mutter, deren Mann plötzlich verstorben und die nun mit drei unmündigen Kindern allein war, zur Sprechstunde. In der Folgezeit habe ich mich viel um das Schicksal dieser Familie gekümmert und daraus ergab sich bald eine engere Beziehung. Diese Mutter half mir viel in der Praxis und später auch bei der Gründung eines Knabenchores als „Chormutter", wir bauten ein Haus auf dem Caseliusweg und sie wurde meine Lebensgefährtin.

Die Situation an der Grenze hatte sich bis dahin nicht verändert, noch trennten Stahl, Beton und Stacheldraht Deutschland.

Gefürchtet waren die Kontrollmethoden am Grenzübergang, die meist darin bestanden, die Menschen zu verunsichern und darauf konnte man sich einstellen. In diesem Falle öffnete ich unaufgefordert sofort Motorraum, Kofferraum, hob die Autositze hoch usw. Als ich einmal eine Leibesvisitation befürchtete, zog ich mich gleich bis auf die Unterhose aus und durchkreuzte damit offenbar das Vorhaben des Kontrolleurs, der sich, ohne weitere Maßnahmen zu ergreifen, schnell höflich verabschiedete.

Auf dem Weg vom Bahnhof in die Stadt konnte man mittags, wenn das Ost- und Westpersonal wechselte, Bahnbedienstete der DDR zum Einkaufen „im Westen" eilen sehen, da diese einen kleinen Teil ihres Lohns in Westmarkt ausgezahlt bekamen.

In Ausübung meines Bereitschaftsdienstes am Wochenende wurde ich einmal zu einem Vorfall im Interzonenzug gerufen, wo eine alte Frau plötzlich zusammengebrochen war. Ich erkannte sofort, dass sie tot war und ließ sie deshalb zur genauen Untersuchung aus dem Zug bringen. Da sich dafür aber keiner zuständig fühlte, erwog man, den Wagen einfach abzukoppeln.

Bis 1958 stellte die DDR ausländischen Bürgern problemlos Ausreisevisa in die Bundesrepublik aus und das nutzten einmal ca. 700 tamilische Flüchtlinge zur Weiterreise nach Helmstedt, wo sie gegen Abend unerwartet ankamen. Um sie schnell unterzubringen, wurde deshalb auf einem Sportplatz notdürftig eine Zeltstadt aufgebaut. Da hier keiner die Lebensweise dieser Menschen kannte, traute sich anfangs nachts keiner mehr auf die Straße, zum Glück erwies sich das bald als unnötig.

Besuche naher Angehöriger in der DDR waren nach erheblichem bürokratischen Aufwand möglich. Einmal konnte ich dabei für den Kapellmeister der Hofkirche in Dresden, Konrad Wagner, Noten überbringen, die möglicherweise in der DDR unerwünscht waren.

### *Kapitel 16*
### Der Knabenchor

Nachdem ich zwei Studien erfolgreich beendet und in Helmstedt eine zweite Heimat gefunden hatte, überlegte ich, wie man beides miteinander verbinden könnte. Dafür bot sich das Singen mit kranken Kindern möglicherweise auch als Therapie bei entsprechenden Verhaltensstörungen geradezu an. Deshalb lud ich dazu in meine Praxisräume ein. Nach acht Wochen fanden sich darauf die ersten Jungen ein, die bald auch ihre Freunde mitbrachten und ich begann mit dem Singen einfacher Volkslieder.

Der Besuch eines Knabenchores, anlässlich deren Konzertreise, ließ bald den Wunsch „meiner Jungen" aufkommen so etwas auch zu machen. Das war für mich zugleich eine große Freude, aber auch eine harte Herausforderung. Deshalb machte ich zur Bedingung, dass sie dafür mehr Freunde mitbringen und zweimal in der Woche regelmäßig zur Probe kommen müssten. Die noch fehlenden Männerstimmen für einen gemischten Chor ersetzten ein paar sangesfreudige Väter. Nach einem Jahr konnten wir schon ca. 60 Mitglieder zählen.

In der Kirchenmusikschule hatte ich zwar Chorleitung gelernt, mich auch gelegentlich an der Ausbildung für den Thomanerchor und Kreuzchor beteiligt, aber wirkliche Knabenchorerfahrung hatte ich noch nicht und die wollte ich mir beim Besuch anderer Knabenchöre aneignen. Am Wochenende fuhr ich deshalb oft nach Göttingen, nahm an den Proben des dortigen Knabenchores teil und stellte zugleich dem Stimmbildner, einem ehemaligen Wiener Sängerknaben, Jungen aus meinem Chor zur Beurteilung vor, damit er mir gute Ratschläge geben könnte. Da mein

Gesanglehrer in der Kirchenmusikschule auch Stimmbildner im Leipziger Thomanerchor und der Chorleiter in Göttingen ehemaliger Chorpräfekt im Dresdener Kreuzchor war, fand ich mich hier also in bester Gesellschaft.

Sehr gerne luden wir auch Gastchöre ein, die immer neue Anregungen mitbrachten. Günstig war die Grenzlage Helmstedts, denn wir konnten Kontakte zu Knabenchören aus dem Ostblock herstellen, die über Helmstedt, der ersten Stadt in Westdeutschland fuhren, und sich für Gast-quartiere mit ausgezeichneten Konzerten bedankten.

Kurz hinter dem Kontrollpunkt mussten wir in Helmstedt oft viele Stunden auf die Ankunft warten, da die Abfertigung auf der östlichen Seite völlig unberechenbar war. Auch auf Durchreisen begrüßten wir die „Sangesbrüder" oft mit Getränken und Süßigkeiten. So entstanden unter anderem Verbindungen nach Russland, Polen, Ungarn, Österreich, Südafrika u.v.a.m.

Zusätzlich konnte ich in dieser Zeit viel Erfahrungen bei Konzertreisen sammeln, die ich als ärztlicher Betreuer mit dem Knabenchor aus Hildesheim nach Italien und dem Göttinger Knabenchor nach den USA begleitete.

Sehr viel verdanke ich den PUERI CANTORES, einer Vereinigung katholischer Knabenchöre, die regelmäßige Fortbildungskurse abhielt und bei denen sich besonders die Leiter unterschiedlicher Domchöre aus ganz Deutschland trafen. Seinerzeit war das ökumenische Denken noch sehr gering ausgeprägt und deshalb wurde eine Aufnahme meiner Chorknaben zunächst vom katholischen Klerus abgelehnt. Dagegen fand jedoch der damalige Dom-kapellmeister aus Würzburg, Siegfried Koessler, eine einfache Lösung: Er nahm mich als Einzelmitglied auf und behandelte unsere

Jungen als Gäste. Vermutlich war ich damals der einzige Protestant der PUERI CANTORES, der Chor aber genoss alle Vorteile, die sich daraus ergaben. Zum Glück hat sich das bis heute grundlegend geändert.

Zu erwähnen sind hier vor allem die großen internationalen Kongresse, bei denen sich bis zu 10.000 Jungen aus der ganzen Welt zum gemeinsamen Singen trafen. Dazu reisten wir unter anderem nach Italien, Belgien, den Niederlanden und Spanien. Besonders beeindruckend waren die Reisen zu Sylvester nach Rom und da besonders die Papstmesse am Neujahrestage, die von etwa 10.000 Knabenstimmen im Petersdom in Rom gestaltet wurde.

Inzwischen hatte sich der Chor so gut entwickelt, dass wir eigene Konzertreisen durchführen konnten, die uns nach Österreich, Ungarn, Italien und viermal nach Südafrika führten. Dabei erlebten wir 1978 auf der ersten Südafrikareise die Apartheidpolitik hautnah und konnten die Entwicklung in den kommenden Jahren gut verfolgen. Noch heute gibt es viele Kontakte nach dahin.

Bei Singefreizeiten, die meist eine ganze Woche dauerten, wurden größere Chorwerke für Konzertreisen einstudiert, für die die Proben während der Schulzeit nicht ausreichten.

Ein besonderer Schwerpunkt war immer das Waldsingen am Pfingstsamstag, das in Helmstedt sehr beliebt war und zu dem mehrere hundert Helmstedter in den Wald wanderten.

Ähnlich verliefen auch die „Offenen Singen", die in einem Konzertsaal stattfanden, zu denen wir andere, meist Schulchöre, einluden und auch die Besucher zum Mitsingen aufforderten. Besonders eindrucksvoll war nach der Lockerung der Ostgrenzen das Singen, zu dem wir Kinder

der Immigranten eingeladen hatten. Sie kamen unter anderem aus Bosnien, Bulgarien, Kasachstan, Polen und anderen Ländern. Meist trugen sie die Kleidung, die sie in ihrer verlassenen Heimat zu einem solchen Anlass anhatten: Trachten und Festtagskleidung - ein buntes Bild.

In den Sommerferien führten wir regelmäßig einwöchige Radtouren durch, bei denen wir nicht nur in Jugendherbergen, sondern auch einmal auf der Bühne eines Dorfgemeinschaftshauses oder in einer Scheune im Heu übernachteten. Dabei erkundeten wir immer ein neues Stück unserer Heimat.

Zu den Konzerten außerhalb fuhren wir meist mit dem Bus, aber wir sind auch mit Fahrrädern gereist. Einmal wurden wir für einen Familiennachmittag bei der Bundeswehr mit einem Hubschrauber abgeholt - ein besonderes Erlebnis!

Natürlich gab es auch viele lustige Erlebnisse, doch darüber zu erzählen würde den Rahmen dieses Buches überschreiten. Es sollen deshalb nur ein paar besondere Begebenheiten wiedergegeben werden.

Einmal folgten wir der Einladung unserer italienischen Partnerstadt zu einem Konzert in der Kirche. Der zuständige Priester wollte stattdessen lieber eine Messe lesen und forderte uns während des Einsingens auf, die Kirche zu verlassen. Da wir das zunächst nicht taten, schaltete er das Licht aus und deshalb stimmte ich das Weihnachtslied „Es wird schon gleich dunkel" an.

Schließlich erlaubte man uns noch drei Lieder zu singen, von denen eins „Stille Nacht" sein musste. Dem kamen wir nach und verließen unter den fragenden Blicken der inzwischen zahlreichen Konzertbesucher die Kirche, stellten uns jedoch davor auf und überraschten die zuvor enttäuschte Gemeinde mit einem Konzert vor der Kirche. Als uns dann der Priester hereinwinkte, hatten das wohl auch einzelne Gemeindeglieder bemerkt, denn sie krempelten die Ärmel hoch und drohten dem Geistlichen mit den Fäusten. Zum Glück konnten wir eine Prügelei verhindern, indem wir einfach weitersangen.

Ein anderes Mal wurden wir auf einer Reise mit dem Bus am Ortseingang von der Polizei gestoppt und aufgefordert, sofort auszusteigen. Warum? Unerwartet kam plötzlich hinter allen Häusern die Stadtkapelle hervor, stellte sich vor den Chor und es ging unter Anführung des Bürgermeisters und der örtlichen Honoratioren mit Marschmusik in das Dorf, wo wir herzlich empfangen wurden.
Viel Spass hatten wir oft mit ausländischen Chören, deren Gewohnheiten wir nicht kannten.

Die Kinder des Kinderchores aus Pretoria, Südafrika, hatten alle ein Päckchen Waschpulver im Gepäck, womit sie ihre Wäsche waschen konnten, was sie dann meist auf der Besuchertoilette heimlich taten, denn es gehörte sich in ihrem Land nicht, das den Gastgebern zuzumuten. Eine unserer Mütter hatte das bemerkt und dem Gastjungen alle zu waschenden Kleidungsstücke während einer Probe gewaschen. Der betroffene beschwerte sich daraufhin bei seinem Chorleiter, dass man ihm alles gestohlen hätte.

Vom Knabenchor aus Moskau wurde mir berichtet, dass sich zwei Jungen im Bad eingeschlossen hatten und dort in voller Kleidung mindestens eine Stunde duschten. Warum? Das konnten wir nie erfahren.

Besonders gerne kamen ausländische Chöre zu Weihnachten, um das Fest in Deutschland in den Familien zu erleben. Auf die Frage nach einem Wunsch des Gastes gab er als Antwort „Ach, euer Haus würde mir schon genügen."

Bei der Vorbereitung einer Radtour fanden wir keine Möglichkeit auf einer längeren, vorgesehenen Route eine Unterkunft zu finden. Deshalb wandte ich mich an den örtlichen Gesangverein, der etwa auf der Mitte der Strecke lag. Man sagte uns Hilfe zu und die Sangesschwestern und Sangesbrüder nahmen uns kurz entschlossen in ihren Häusern auf. Als wir am Nachmittag den Ort erreichten und nach dem Marktplatz, dem vereinbarten Treffpunkt, fragten, sagte man uns, dass ein Knabenchor am frühen Abend dort singen würde. Bezog sich das etwa auf uns? Kurz entschloss ich mich, eine Tageszeitung zu kaufen und fand darin tatsächlich eine entsprechende Notiz. Wie sollten wir, staubig, verschwitzt und müde die Herausforderung angehen? Nach kurzer Probe an einem stillen Plätzchen bekamen wir ein paar Volkslieder zusammen, die wir vortrugen und wir hatten damit großen Erfolg.

Ein weltberühmter Organist kam aus München zum Konzert zur Einweihung einer neuen Orgel extra angereist. Er brachte einen ungewöhnlich schweren Koffer mit, obwohl er nur eine Nacht blieb. Es stellte sich schließlich heraus, dass er sich in der Annahme, dass es das bei uns in Norddeutschland geben würde, ausreichend Bier mitgebracht hatte.

Welche Fragen mögen wohl unsere Jungen bei ihren Gasteltern aufgeworfen haben?

**Kapitel 17**

*Erfahrungen mit den Medien*

Je länger man an einem neuen Ort lebt und sich auch in der Öffentlichkeit betätigt, um so mehr wird man auch mit den Medien konfrontiert und das besonders in einer kleinen Stadt. Das konnte ich oft erfahren. Hier will ich nur von ein paar besonders auffälligen Begebenheiten erzählen.

Einmal wurden wir gebeten bei der Sendung des Deutschlandfunks mitzuwirken. Der Hauptzweck dieser Sendung war, an Angehörige in der DDR Grüße zu übermitteln. Mit uns auf der Bühne standen bekannte Schlagerstars wie G.G. Anderson, Gitti und Erika und Nicole. Der Moderator wandte sich zunächst an das Publikum, das er aufforderte Grüße zu äußern. Dann kam er auch zum Chor und fragte die Jungen, ob sie auch jemanden grüßen wollten und er erreichte einen älteren Chorknaben, den er ansprach: „Na, und ihre Grüße?" Der junge Mann antwortete spontan mit seiner Größe: „1,83m!" Das brachte nicht nur den Moderator aus der Fassung, auch das Publikum tobte vor Vergnügen und natürlich auch die Chorknaben.

Eine Begegnung mit den Paparazzi gab es anlässlich der Geburt von Siamesischen Zwillingen, die sofort nach der Geburt in die Berliner Kinderklinik verlegt wurden. Das war natürlich eine gefundene Gelegenheit für die Reporter darüber zu berichten. Sie belagerten förmlich die Säuglingsstation, Tag und Nacht mussten wir eine Wache aufstellen, denn diese Leute kamen zu jeder Tageszeit und schlichen sich heimlich ein. Das ging so lange, bis wir die beiden Kinder in eine Spezialklinik verlegten, welche die Zwillinge trennen konnte.

Ein anderes Mal war es ein trauriges Ereignis, das die Reporter aus ganz Deutschland nach Helmstedt brachte. Ein Chorknabe war auf tragische Weise ums Leben gekommen und dieses Ereignis wurde überall bekannt und sofort waren viele Journalisten namhafter Zeitungen anwesend. Das Vorgehen dieser Reporter war dabei oftmals gefühllos und rücksichtslos, denn statt sich klarzumachen, dass es hier um großes Leid ging, versuchte man eine Sensation daraus zu machen. Es wurde bald bekannt, dass ich mit diesem Jungen und der Familie gut befreundet war, und deshalb suchten sie bei mir eifrig nach einem Foto, um es zu veröffentlichen. Später habe ich alle Journalisten, die zu mir kamen, weggeschickt. Auf der Suche entdeckten die Reporter ein Foto des Chores bei einem Fotografen. Aus diesem Grund gingen sie in der Hauptgeschäftsstraße herum, um die Leute zu fragen, ob sie den Jungen erkennen würden. Viele Bürger Helmstedts bezeichneten den falschen Chorknaben. Zu einem späteren Zeitpunkt gab das großen Ärger.

Ich hatte Angst, dass die Reporter auch in unsere Chorprobe, die am gleichen Tag stattfand, kommen würden, um die Jungen dort auszufragen. Ich ließ deshalb zu Beginn der Probe alle Zugänge zum Probensaal von Chorknaben besetzen. Erst nachdem alle Jungen da waren, konnte ich ihnen die Umstände schildern und klarmachen, dass sie keinerlei Auskünfte geben dürften.

Vorher hatten sich am Nachmittag noch einmal alle Zeitungsleute in meiner Praxis versammelt und behinderten den Sprechstundenablauf erheblich, bis ich ihnen schließlich den Zutritt verwehrte und mit der Polizei drohte.

Die Beerdigung war ähnlich. Während der Trauerfeier lagen versteckt hinter Büschen und Bäumen überall Paparazzi, um hier ein Bild zu bekommen. Meine Chorknaben waren gut vorbereitet, sie stellten sich geschickt vor die Kameras und verhinderten somit das Schießen von Fotos.

Anders verliefen jedoch die Begegnungen mit dem Fernsehen. Hier zeigte sich, dass mitunter Reporter am Werk waren, die abseits von jeglicher Realität standen. Einmal wurden wir gebeten aus Anlass der Vorstellung eines Liederbuches von Hoffmann von Fallersleben zu singen. Ich bekam deshalb das Buch zugeschickt und suchte entsprechende Lieder aus. Das Fernsehteam setzte daraufhin den Termin für die Playbackaufnahmen eine Woche danach neu an. Da ich keine passenden Chorsätze hatte, blieb mir nichts anderes übrig, als sie selber zu machen. Zum Glück fand ich einen Vater, der als Drucker beschäftigt war und ließ dementsprechend viele Exemplare für den Chor drucken. Schnell wurden die Lieder einstudiert und bereits nach einer Woche konnten wir das Playback fertigstellen. Danach kam das Fernsehteam zur Bildaufzeichnung. Die Regisseurin war offenbar über ihre Aufgabe nicht gut informiert worden. Meine Vorschläge nahm sie deshalb dankend an und legte mir nahe, mich beim Fernsehen als Regisseur zu bewerben. Das habe ich natürlich nicht gemacht.

Ein anderes Mal kam der Norddeutsche Rundfunk, dessen Mitarbeiter schon in Helmstedt waren, um von einer bekannten Handweberei zu berichten und rief um 10 Uhr morgens bei mir in der Praxis an, um zu fragen, ob ich mit dem Chor die Reportage musikalisch untermalen könnte. Nach Rückfragen erfuhr ich den Termin, am selben Tage um

12.00 Uhr. Die Jungen waren da noch alle in der Schule! Wie sollte ich 40-50 Chorknaben so schnell zusammenbringen? Deshalb einigten wir uns auf 13.30 Uhr. Ich bat einige Eltern, mir telefonisch bei der Benachrichtigung der Jungen zu helfen. Das klappte erstaunlich gut und tatsächlich stand der ganze Chor pünktlich in Chorkleidung in der Kirche vor der Kamera und wir konnten die Aufnahme durchführen. Das Fernsehen war davon sehr beeindruckt.

Ein anderes Team erlebten wir im Rahmen der Aufzeichnung für ein Konzert unter dem Motto „So klingt´s bei uns", das am Sonntagvormittag gesendet wurde und wofür wir ausgewählt worden waren. Schon lange zuvor bekamen wir ein dickes Drehbuch mit allem, was dafür zu beachten war. Wir übten fleißig. Der Termin für die Aufnahmen lag bereits Wochen vorher fest und die Jungen im Chor wussten, dass sie keine anderen Termine auf diesen Tag legen durften. Nur das Fernsehteam hielt sich nicht daran, denn ein paar Tage vorher ließen sie mich wissen, dass der Termin nicht eingehalten werden könnte und verlegt werden müsste. Das ärgerte mich und ich stellte den neuen Termin in Frage. Nach langem Hin und Her entschloss man sich schließlich, selbst in die Chorprobe zu kommen, um mit den Jungen zu reden. Die waren natürlich von mir vorher informiert worden und sollten nicht gleich zusagen. Mit stolz geschwollener Brust kamen schließlich drei Mann und begannen gleich mit den Worten, dass sie so etwas noch nie gemacht hätten. Die Jungen spielten großartig mit und erzählten, sie hätten an dem neuen Termin keine Zeit, es lägen schon andere Dinge vor: Fußballspiele, Schwimmverein, Omas Geburtstag u.v.a.m. Die Produzenten der Sendung wurden immer kleinlauter und bescheidener und als wir uns schließlich geeinigt hatten, gingen sie und bedankten sich, dass die Jungen es möglich gemacht hatten. Hinterher haben wir natürlich herzlich gelacht.

Ein anderes Mal erlebten wir eine Livesendung im Rahmen der Gottesdienste, die vom ZDF jeden Sonntag um halb 10 Uhr ausgestrahlt werden. Am Tag vorher hatten wir dafür eine Probe, bei der die Verantwortlichen die Mikrofone vorbereiteten, die Aufstellung abstimmten u.s.w. Hier hatten wir ein ausgesprochen nettes, freundliches Team, welches mit den Jungen kommunizierte und mit ihnen Spaß hatte. Das hat uns allen große Freude bereitet und natürlich war danach die Aufregung groß, denn es gibt bei einer Livesendung bekanntlich nichts mehr zu korrigieren. Wir mussten eben ordentlich singen. Das gelang uns auch und die Sendung wurde sehr schön.

An eine weitere Begegnung mit dem Fernsehen denke ich ganz besonders gerne zurück. Dafür bereitete die ARD eine Dokumentation zum Thema „Kriegskinder" vor. Es sollten dabei die Schicksale von Kindern im Zweiten Weltkrieg geschildert werden und dies geschah nach der Anhörung von vielen Zeitzeugen in ganz Europa. Gesucht wurden Personen, die zwischen 1930 und 1940 geboren wurden und ich habe mich dafür gemeldet. Eines Tages kam dann ein Anruf vom MDR und ich wurde gefragt, woran ich mich aus der Kriegszeit erinnern könnte. Dieser Anruf kam ganz spontan und ich musste schnell antworten. Danach kam die Anfrage, wann ich einen Reporter aus Leipzig empfangen könnte, der mich später eine Stunde lang ausfragte und alles mit seiner Minikamera aufnahm. Schließlich meldete sich wieder der MDR zur der Absprache eines Termins für ein Kamerateam in meiner Wohnung, um die Sache aufzuzeichnen. Am ausgemachten Tag erschien das Team mit größerer Fernsehkamera, Beleuchtern und zwei Autoren, um die Aufnahme zu beginnen. Schon beim Hereinkommen freuten sich die Leute über meine Jalousien, um den Raum schnell abzudunkeln zu können und stellten alle Möbel um, versprachen aber, alles wieder wie vorgefunden zu hinterlassen.Mich positionierte man auf einen Stuhl in der Mitte und ich wurde von den Autoren fast fünf Stunden interviewt. Ich war arg erschöpft und konnte kaum noch klar denken, denn es war immer volle Konzentration gefordert. Vorher hatte ich eine lange Liste mit Verhaltensregeln bekommen, vor allem betr. Kleidung._Schließlich kam endlich der Tag der Sendung, oder besser die Tage der Sendung, denn diese wurde in vier Folgen zu je 45 Minuten ausgestrahlt.

Für eine Ankündigung vorher bat man mich nach Baden Baden zum SWR zu kommen, um dort live im Rahmen der Mittagssendung „Buffet" darauf aufmerksam zu machen. Vom SWR bekam ich Fahrkarten, Taxi Gutscheine, die Hotelreservierung u.s.w. sofort zugeschickt. Für diese Sendung war auch ein Koch engagiert worden, der während der Zeit japanische Gerichte zubereitete die am Schluss von allen Mitwirkenden verzehrt wurden.
.

## *Kapitel 18*
## *1989*
## Der Mauerfall

Die 1989 vom russischen Parteichef M. Gorbatschow geforderte Reform der sowjetischen Interventionen in Europa ließ viele Bürger auf Lockerungen hoffen und das führte besonders in Leipzig zu friedlichen Demonstrationen.

Als ich mich in der Nacht des 9. Novembers auf den Weg nach Dresden machte, wofür ich eine Aufenthaltsgenehmigung hatte, saßen auf der Autobahn Menschenmassen aus der DDR, umarmten sich und tranken Sekt. Ein weiterkommen war nicht möglich, deshalb mussten wir einen ca. 50km langen Umweg machen, um wieder nach Hause zu kommen.

Bald suchten wir den Kontakt zur Kirche, um in Magdeburg mit dem Chor im Gottesdienst zu singen. Die Angst vor der Stasi , und dafür hielten sie uns, war aber noch so groß, dass uns die Gemeindemitglieder den Händedruck als Friedensgruß verweigerten.

## Kapitel 19
1995 - Erreichen der Altersgrenze
Pensionär - Rentner?

Tatsächlich war ich auf einmal an diesen Punkt meines Lebens gekommen. Noch aber lagen eine Menge Aufgaben vor mir, ohne zu ahnen, wie sich alles weiter entwickelte. Die Übergabe der Arztpraxis in andere Hände fiel mir zwar schwer, da aber inzwischen die bürokratische Belastung die ärztliche Tätigkeit immer mehr verdrängte, wurde mir diese Entscheidung leicht.

Die Weitergabe des Chores an einen geeigneten Nachfolger war schwieriger, aber auch da fand sich ein Weg. Mir blieb jetzt die Aufgabe, ein paar Schülern beim Lernen zu helfen und ich bestellte sie zu mir zu Nachhilfestunden, die ich unentgeltlich verteilte. Diese Kinder kamen meist aus sozial schlechter gestellten Familien, sie waren sehr fleißig und dankbar und hatten es danach viel einfacher in der Schule. Das sprach sich schnell herum und so hatte ich bald bis zu 14 Schülerinnen und Schüler wöchentlich zu betreuen. Bei den meisten handelte es sich dabei um Migranten, die verständ-licherweise besonders Schwierigkeiten mit der deutschen Sprache hatten und in der Regel aus Kasachstan kamen. Da das Schulsystem in Deutschland oft von dem ihrer ursprünglichen Heimat abwich, ergab sich für mich eine völlig neue Herausforderung. Dank meiner Schulbildung, bei der besonderer Wert auf die Vermittlung von Basiswissen lag, konnte ich mich schnell zurechtfinden. Die Schüler dankten es mir mit Hilfen im Haus und im Garten. Bald bildete ein sehr gutes und persönliches Verhältnis zu deren Familien heraus, das noch heute besteht, während die ehemaligen Kinder schon Familienväter sind, feste Berufe haben und gute Wege gehen.

2013 lud ich alle ehemaligen Chorknaben zu einen Wiedersehenstreffen in Helmstedt ein. Sie hatten den Chor als Knabenstimmen verlassen, und das z. Tl. vor 40 Jahren. Jetzt war daraus ein Männerchor geworden, aber das Singen hatten sie nicht verlernt. Auf diese Einladung hin kamen ca. 100 Ehemalige mit denen wir eine musikalische Vesper gestalteten -

Welch besseren Lohn hätte ich für meine oft mühselige Arbeit bekommen können?

Ich hoffe, dass ich in meinem Leben dem Ziel; das große Wissen; zu finden, das ich als Leitspruch einmal über mein Leben gestellt habe, einen großen Schritt näher gekommen bin, dafür bin ich dankbar.

**Kapitel 20**
*Nachwort*

Inzwischen kann ich auf 84 Lebensjahre zurückblicken, die immer wieder von neuen Herausforderungen und der Frage, ob ich sie annehmen sollte, verbunden waren. Dabei war mir das Wort von F. Schiller immer ein Guter Ratgeber:

*"Immer strebe zum Ganzen, und kannst du selber kein Ganzes werden, als dienendes Glied schließ an ein Ganzes dich an."*

Auch das Verfassen dieses Buches war eine größere Herausforderung, als ich vorher ahnte: Was war in meinem Leben wirklich wichtig? Was habe ich vergessen oder was empfinde nur ich als erwähnenswert?

Hätte ich alle Vorkommnisse, gleich welcher Art, geschildert, so wäre es ein Buch ohne Ende geworden. Der Leser möge mir diesbezügliche Versäumnisse verzeihen.

*Danksagung*

*An dieser Stelle möchte ich mich bei einigen Menschen bedanken, die dazu beigetragen haben, dass ich die Geschichte meines Lebens erzählen konnte:*

*Uta Hoffmann*
*Ivan Mastschenko*
*Mario Schrader*

Hinweis auf Bücher zum gleichen Thema:

*„Kriegskinder"*
von Yury und Sonya Winterberg
(Rotbuch-Verlag)

*„In der Heimat gefangen"*
von Werner Kutscha
(rosenheimer-Verlag)

*Bildernachweis:*

*Alle in diesem Buch abgedruckten Bilder bzw. Zeichnungen und Dokumente stammen aus meinem privaten Gebrauch. Rechte anderer Personen sind daraus deshalb nicht abzuleiten.*

*Impressum:*
*© 2014 Helfrid Israel*
*Herstellung und Verlag:*
*Books on Demond GmbH, Norderstedt*
*ISBN 9-783734-731464*